Turbamenti

John Holt

Traduzione a cura di
Chiara Pennacchi

"Turbamenti"
Scritto da John Holt

Seconda edizione - Gennaio 2022

Traduzione a cura di Chiara Pennacchi

CONDIZIONI DI VENDITA

Cronologia di stampa

Questa seconda edizione è stata pubblicata da Phoenix, Essex, Regno Unito, nel Gennaio 2022

Prefazione

La storia che segue è totalmente fittizia. È una storia, niente di più e niente di meno. Tutti i luoghi e le persone inclusi nella storia sono totalmente immaginari e qualsiasi somiglianza con persone reali vive o morte è totalmente casuale e non intenzionale.

Sono grato a Lauren Ridley, di Cherryloco Jewellery, per avermi permesso di basare il logo Phoenix sul suo design.

John Holt

CONTENUTI

Capitolo Uno
Turbamenti

Immagino tu sia come me; la maggior parte delle persone lo è. Ti stressi, ti preoccupi o diventi ansioso senza una vera motivazione? A volte hai la sensazione che le cose non vadano nel verso giusto o meglio, non come le avevi pianificate o avevi sperato andassero; è qui che vai nel panico. Hai semplicemente sbagliato direzione lungo la strada e non ne conosci la ragione, non c'è un momento o un motivo in particolare su cui scagliarsi. A volte, invece, sai il perché e semplicemente non puoi fare altrimenti.

Ti è mai capitato di sentirti così? Oh, a me sì e spesso per giunta. Credo che ciò abbia a che fare con l'insicurezza; è una sensazione che io e te conosciamo, ma che non possiamo cambiare, o no? Non importa cosa tu faccia, non se n'andrà; resta lì, ferma ad aspettarti e ti assilla. Si contorce e si rigira dentro di te, fagocitandoti e non ti molla, anzi, prende il sopravvento, niente sembra più avere importanza. Logicamente avverti che è sbagliato; ma qui la logica non esiste.

Come scrisse Sam Lightnin' Hopkins in "Problemi di mente"

Problemi di mente, Sono triste
Ho perso la ragione
A volte sento la vita scorrere nelle vene, altre no...

Ebbene io anche oggi ho avuto questa sensazione; solo che non era solo una percezione e ne conosco il motivo. Anzi, a dire il vero ce n'erano diversi, anche di molto buoni, credimi.

Ad ogni modo, io sono Daniels, Jack Daniels, e sono un investigatore privato e so che ti starai chiedendo chi sia Lightnin' Hopkins... Fu e non sono solo io a dirlo, uno dei più grandi cantanti blues di tutti i tempi, nato in una piccola città del Texas di nome Centerville.

* * *

Qualche settimana fa conclusi un caso di cui mi stavo occupando, un lavoro di sorveglianza, uno di quegli incarichi in cui investighi sulle vite altrui, o, se preferisci, ficchi il naso… e va bene, stavo spiando. Ok, te lo concedo non è una bella cosa, ma non lo è nemmeno tradire tua moglie. Si, ribadisco ciò che ho detto: tradire tua moglie. Questo è ciò che faceva il tizio che stavo pedinando. Cosa mi dici ora? Hai per caso cambiato idea? Non tutti possono scegliere delle belle professioni in cui non ci si sporca le mani. In fin dei conti viviamo in un mondo malvagio, popolato da molta gente rivoltante e qualcuno deve pur fare il lavoro sporco.

Feci le foto e redissi un dossier: avevo abbastanza prove per dimostrare il tradimento. Feci le copie e le consegnai insieme al conto alla cliente, una tale Amanda Walker, la moglie tradita. E sai una cosa? Aspetto ancora l'assegno. E' passata qualche settimana, quattro a dire il vero. E allora? Ti chiederai perché sono così in ansia; magari è fuori città per una breve vacanza, in Messico forse, in fin dei conti è il periodo ideale per visitare Acapulco, ma forse lei è più il tipo da crociera alle Bahamas. Se fosse per me, tra le due opzioni, sceglierei il Messico ad occhi chiusi. Lo so, ti sento, stai pensando… se potessimo scegliere io e te…

Forse è stata coinvolta in un incidente automobilistico e ora è in ospedale immobilizzata, forse non è in grado di parlare, magari ha le gambe in trazione, forse è collegata a tutti quei tubicini e strumenti elettronici e le prendono la pressione ogni cinque secondi. Sta soffrendo; gli antidolorifici non fanno l'effetto desiderato e sta affrontando una serie di interventi chirurgici. Dovrei preoccuparmi? Insomma lei è agonizzante ed io cosa faccio? Mi preoccupo di qualche lurido dollaro.

Beh a dire il vero parliamo di venticinquemila schifosissimi dollari.

Devo ammettere, però, che non credo sia in ospedale e nemmeno in vacanza; in effetti lo so per certo, non sono uno di quegli uomini a cui piace scommettere e so che qui, non perderei perché in realtà, l'ho chiamata.

"Numero inesistente" annunciò la voce automatica risolutamente "verificare il numero e riprovare, grazie". A volte mi chiedo se sia veramente un messaggio registrato o una persona reale, con una voce stravagante, che prova un gran piacere nel sentirti in difficoltà. Ad ogni modo, controllai il numero e riprovai; stesso risultato. Provai, allora, una terza volta… Indovina? Si, esatto, stesso risultato.

Sono appena uscito per un breve giro in auto, solo qualche isolato, non è molto lontano e mi sono recato all'indirizzo che mi aveva dato: 114 Sycamore. Sai dov'è per caso? Magari conosci il posto. Ho trovato la palazzina che lei mi ha indicato ma il problema è che è vuota, abbandonata e sarà demolita a breve.

Ed ora si chiude il cerchio, l'ultimo pezzo mancante del puzzle mi conferma che avevo ragione a preoccuparmi; c'è effettivamente qualcosa di strano e la pedina mancante si era manifestata sotto forma di titolo da 7,5 cm sull'edizione del mattino dell'Herald.

Cinque brevi parole: "CADAVERE RINVENUTO A BOWERY – MANHATTAN"

L'articolo riportava la notizia del ritrovamento di un corpo femminile rinvenuto a Battery Park nelle prime ore del giorno. La donna, identificata come Susan Brady era stata pugnalata due volte: una, da dietro sul collo e l'altra nel polmone destro. Deve essere morta sul colpo. L'articolo era corredato da una foto del cadavere; non era una bella foto, devo ammettere che non le rendeva giustizia.

Misi da parte il giornale e con lui anche i miei venticinquemila dollari. Devo ammettere che Susan Brady era, o era stata, una donna veramente bella; si potrebbe definire un'opera d'arte senza temere di sbagliare. Scossi la testa e buttai un occhio.

Ad ogni modo, il nome Susan Brady non era quello che avevo io; no, per me lei, la mia cliente, era la Signora Amanda Walker, moglie del magnate delle spedizioni Denis Walker.

No, non avevo nemmeno mai sentito parlare di lui.

* * *

Circa due mesi fa ci eravamo visti per la prima volta: era un martedì, nel tardo pomeriggio. Volevo passare la serata al Club 51 perché Buddy, il proprietario, mi aveva detto che si sarebbe esibita quella sera una nuova banda blues formata da Gordon King, un giovane uomo bianco che avrebbe suonato una chitarra a 12 corde, Leroy Henderson, un uomo di colore di Centerville in Texas, che avrebbe suonato l'arpa e Billy Boy Floyd al piano. Avevo sentito parlare molto bene di loro, ma non avevo mai avuto l'occasione di sentirli dal vivo e mi si prospettava una bellissima serata.

Hai notato quanto siano buffe queste voci? Voglio dire, a volte, abbastanza spesso a dire il vero, sono false e, quando accade, ti senti amareggiato. Al contrario, quando non lo sono e, nonostante ciò, non sono all'altezza delle aspettative, ne resti deluso ugualmente. In questo preciso caso, non ho mai saputo se fossero voci vere o false, perché non riuscii ad andare a sentire la banda quella sera.

* * *

Era tardi, le cinque e un quarto e avevo finito di lavorare e stavo pensando di chiudere. Il piano per le ore a seguire sarebbe stato: una cena di cucina cinese a portar via da Chang per poi concludere la serata al Club 51. Ero ancora seduto e in sottofondo suonava la musica di un nuovo Cd di Little Walter che avevo comprato, quando bussarono alla porta.

"Signor Daniels" una voce chiamò.

Alzai lo sguardo, la porta dell'ufficio era aperta e lei entrò.

Lei si che aveva un bell'aspetto, aveva classe, la vera classe, in tutto. Mi alzai e mi diressi velocemente verso la porta.

Capitolo due

Mi chiamo Amanda Walker

“Sono Daniels, Jack Daniels.” Risposi. “Si accomodi, per favore.” Spostai velocemente una pila di fogli dalla sedia degli ospiti e la ripulii dalla polvere con un fazzoletto. “Si sieda, prego.” Le indicai la sedia e proseguii: “Posso aiutarla?”

Perché lo dissi non lo saprò mai, era ovvio che potevo aiutarla; voglio dire perché mai altrimenti sarebbe seduta qui davanti a me? Per vendermi un’assicurazione o dei doppi vetri, o perché semplicemente era una nuova vicina che aveva affittato una delle stanze in fondo al corridoio e voleva una tazza di zucchero.

Si sedette, apri la sua borsetta e disse: “Mi chiamo Amanda Walker”. Poi prese una foto e la mise davanti a me sulla scrivania e proseguì: “Questo è Denis James Walker, mio marito, purtroppo”.

Presi la foto che ritraeva un uomo di bell’aspetto, suppongo robusto, sulla quarantina, quarantacinque anni al massimo, sui novanta chili di peso, con capelli neri, ondulati e spessi. Una persona curata. Avrebbe dovuto importarmi? Credo di no.

Capovolsi la foto e la spinsi verso di lei proseguendo: “Questo è suo marito e lei non è felice. E quindi?”

“Denis James Walker” ripeté “il magnate delle spedizioni.”

Ero ancora confuso: “Quindi è un magnate delle spedizioni, è suo marito e, mi ripeto, quindi?”

Scosse la testa e sospirò, aprì di nuovo la sua borsa e prese un’altra foto. Questa volta la foto ritraeva una giovane donna sui venticinque anni, bella ma magra; insomma, non il mio tipo.

“Signor Daniels, sono stata sposata per 20 anni con questo ingrato rifiuto sociale” batté sulla fotografia di lui. Ho detto batté ma in realtà sarebbe stato più corretto dire che la colpì con un pugno. Se avesse avuto fra le mani un’ascia l’avrebbe fatta in mille pezzi. Se hai qualcosa da dire, bella signora, dannazione non girarci intorno, parla e basta.

“Mi sta tradendo con quest’altro rifiuto umano” e diede un pugno sulla foto della donna “questa sgualdrina” fece un gran respiro “lei è interessata al suo denaro, a cosa altrimenti?”

Ovviamente aveva ragione, pensai, chi avrebbe potuto biasimarla. Solo per pura curiosità mi chiesi che cosa lui, l’ingrato rifiuto sociale, avrebbe potuto volere dalla donna, ma non c’era bisogno di rispondersi.

Iniziai a pensare che la signora Walker non era più così innamorata del suo magnate delle spedizioni e non era poi così entusiasta nemmeno dell’oca giuliva a cui lui si accompagnava. Sono veloce nel capire queste cose, ho un sesto senso naturale.

“Mi spiace” dissi, anche se non me ne importava poi tanto, dopotutto non era una cosa che mi toccava, grazie al cielo non era mio marito. “Signora, io sono un investigatore privato, non un consulente di coppia, cosa vuole da me esattamente?”

Scosse la testa e iniziò a sorridere. “Mio marito vale due miliardi di dollari” proseguì “intendo chiedere il divorzio e levargli ogni singolo dollaro che possiede.”

Improvvisamente, lui acquistò importanza, ma lei voleva il divorzio e no, non c’era nessun bisogno di chiederne il perché e inoltre, riflettei, lei ne avrebbe di certo tratto vantaggio. Te l’ho appena detto, sono molto perspicace in questi casi. Considerai che sarebbe stato un buon incarico da prendere, anche se non era ancora ben chiaro cosa avrebbe avuto a che fare con me.

“Voglio da lei la prova che se la sta facendo con quella sgualdrina da quattro soldi,” disse, colpendo ancora una volta la foto della donna, “voglio delle prove inconfutabili con cui io possa chiedere il divorzio, intendo: foto, discorsi, date, tempi e luoghi dei loro incontri.”

Ecco, ciò che temevo era uscito allo scoperto, si trattava di un lavoro di spionaggio. Scossi la testa, questo è uno di quegli incarichi che si dimostrano sempre difficoltosi perché devi mettere in conto le condizioni atmosferiche, la pioggia, il freddo e le lunghe ore notturne da far passare. In questi incarichi spesso si lavora tutta la notte senza avere la certezza che i soggetti siano lì dove avrebbero dovuto essere. "Non sono molto interessato signora..."

"Ci sono venticinquemila dollari che la attendono quando avrò le prove del tradimento" mi interruppe "e altri venticinquemila quando avrò ottenuto il divorzio."

Improvvisamente sentii un'ondata di entusiasmo impossessarsi di me. Dopotutto, non era uno di quegli incarichi così complicati, voglio dire, quanto avrebbe potuto essere difficile trovare le prove? Quindi avrei affrontato un po' di pioggia, il freddo e qualche notte insonne; in fin dei conti cos'altro avevo da fare? Avrei avuto la possibilità di uscire dal mio soffocante ufficio e di prendere un po' di aria fresca. Quantomeno sarei stato fuori dall'ufficio e, inoltre, non capita spesso che qualcuno ti offra cinquantamila dollari per un paio di giorni di lavoro. Mi chiesi se avesse incluso le spese accessorie anche perché ovviamente l'ufficio delle tasse avrebbe voluto la sua parte. Anche se non le avesse considerate, ne sarebbe forse valsa la pena. Ho detto forse?

Allungai le mani verso le foto quasi stupito che ve ne fosse qualche pezzo sano ancora e, riguardando quella della giovane amante, benché fosse molto magra, non potevo biasimare totalmente l'uomo e mi domandai se lei, la ragazza, avesse potuto valere i cinquantamila del mio cache; non ne ero del tutto certo.

"Che cosa può dirmi?" chiesi.

La donna alzò lo sguardo, scosse la testa e mi disse: "non molto purtroppo."

"Direi che potremmo iniziare dal nome. Sa il nome della ragazza?" domandai.

Scosse di nuovo la testa e rispose: "Non ne ho idea."

“Conosce il suo indirizzo?”

Scosse di nuovo la testa e disse: “Tutto ciò che so è che quel pidocchioso di mio marito la vede regolarmente da almeno sei mesi.”

Ciò che mi aveva appena confessato era veramente interessante, ma, sfortunatamente, non mi conduceva da nessuna parte e quindi chiesi: “Si incontrano in qualche luogo in particolare? Ad un orario specifico?”

“Uno dei posti in cui si incontrano è il Carlton Hotel, ogni lunedì e giovedì alle cinque.”

“Bene!” risposi. “Finalmente qualche notizia utile.” Quanto meno era un inizio. Presi le foto e domandai se potevo tenerle prima che le danneggiasse ulteriormente.

“Ovviamente” rispose e mi consegnò un pezzo di carta “il mio indirizzo è centoquattordici Sycamore ma non voglio vederla curiosare in giro e non voglio che lui la veda. Quindi usi questo indirizzo solo in caso di emergenza, chiaro?”

Capii immediatamente che non dovevo farle ripetere quest’ultima informazione, era stata perfettamente chiara e annuii dicendo: “Non c’è problema. Il recapito telefonico è quello di casa?”

Scosse la testa e rispose: “No, è il mio numero di cellulare, da usare solo in caso di necessità.”

Ancora una volta era stata molto chiara, anche se era palese che non l’avrei certo chiamata per perdere tempo. Mi alzai e dissi: “teniamoci in contatto.”

Anche lei si alzò e si diresse verso la porta.

* * *

Capitolo Tre
Inizio dell'ingaggio

Incredibile soprattutto ora, a posteriori: non ho preso nessuna informazione sui coniugi Walker, devo ammettere che avrei dovuto essere più accurato e anzi, a dire il vero, visto ciò che è accaduto in seguito, non lo sono stato per nulla. D'altra parte può accadere di fare un errore, anche tu ne avrai fatti, o sei perfetto? Deve essere bellissimo essere perfetti. Ad ogni modo, controllai la sua azienda di spedizioni ed era notevole, la casa negli Hamptons, quella ad Honeysuckle e l'appartamento a Manhattan e quella… oh ovviamente immagini che non gli mancasse di centro un tetto sulla testa.

Ok, proseguiamo, che ne pensi? Diciamo pure che non se la passava così male e sarai contento di sapere che a breve il suo futuro non sarebbe stato così roseo… comunque, la definizione giusta per lui sarebbe stata: *agiato*. Lo so, starai pensando che magari fossi tu così agiato e, ti assicuro, lo stesso vale per me.

Quindi iniziai a dedicarmi al mio incarico e nei giorni a seguire andai spesso al Carlton. Dissi al management dell'hotel che ero stato incaricato dal Signor Walker di tenere d'occhio la sua ragazza. A dirla tutta non era proprio una bugia, no? Non fecero obiezioni o domande.

Il servizio Concierge fu molto disponibile e mi fornì date e orari, andando indietro agli ultimi otto mesi, non sei, ogni lunedì e giovedì, puntuali come un orologio svizzero. Purtroppo, non avevo idea di cosa accadesse il resto della settimana. Dane, il concierge, mi fornì parecchi particolari, un nome e un indirizzo della giovane donna.

"Come sai il suo indirizzo?" Gli chiesi.

Il ragazzo sorrise e rispose: "facile, ho chiamato un taxi e ho sentito l'indirizzo dato al tassista; due-due-sette Albany."

Sorrise, fiero di se stesso e proseguì: "è su nell'East Side, sai dov'è?" Aggiunse nella speranza di essermi d'aiuto.

Sapevo dove fosse; era una tranquilla area residenziale, una di quelle senza infamia e senza lode. Ci ero stato un paio di volte; una volta ero andato a trovare un vecchio amico e la seconda era per un incarico di sorveglianza che aveva a che fare con la droga, se ben ricordo. La terza volta fu per la rapina di un'auto e come detto, era una zona tranquilla.

Poi li vidi entrare nella hall dell'hotel. "Eccoli." Disse Dane, ma non era necessario.

Non c'era dubbio che fossero loro, il Signor Walker e la sua giovane amica, Terri Franklin. Mi nascosi dietro una colonna, mi passarono davanti lentamente, abbracciati, ridacchiavano e si diressero verso l'ascensore. Devo ammettere che non sono un fotografo professionista ma feci delle belle foto dei due.

Il giorno seguente mi trovavo all'angolo fra Albany e la Quinta: non era passato molto quando la Signorina Franklin uscì dalla palazzina, camminò fino all'angolo e attraversò la strada dirigendosi verso il parco. La seguii lungo il vialetto mentre faceva jogging intorno al lago. Improvvisamente si fermò e io mi domandai se avrebbe incontrato il Signor Walker, ma non fu così e approfittai per fare qualche foto di lei che dava da mangiare alle papere.

Un altro giro al Carlton ed era fatta. Dane aveva registrato alcune delle loro conversazioni, non chiedermi perché, non lo so e non voglio saperlo; non m'importava dal momento che, registrare qualcuno a sua insaputa è illegale, ma io non lo avrei detto a nessuno e nemmeno tu, no?

Lo ringraziai e gli diedi una mancia di cinquanta dollari. Ora avevo ottenuto ciò di cui avevo bisogno; feci copie di ogni cosa e le sistemai per mostrarle alla Signora Walker. Ero stato previamente avvertito di lasciargliele in una cassetta di deposito presso la Stazione Centrale. La cassetta era aperta quando io arrivai e immaginai che lei avesse la chiave.

* * *

Ciò accadde sei settimane fa e non ebbi più sue notizie da allora fino a quella pervenutami dal giornale in cui evinsi che era morta, era stata uccisa. Non potevo crederci, la mia cliente la Signora Amanda Walker era morta, era stata pugnalata due volte. Mi chiesi il perché e chi avrebbe potuto volere la sua morte. Forse il marito aveva scoperto che lei voleva il divorzio, forse non era consenziente e forse l'aveva fatta fuori. Non è una cosa inusuale che un marito uccida la moglie e per molteplici ragioni.

Ma perché il nome differente? Questo non aveva senso.

Pensai che il detective Frank Bates avrebbe avuto qualche risposta e magari, mi avrebbe aiutato. Reperii il suo numero e lo composi.

Qualche minuto dopo me lo passarono e gli spiegai il motivo della mia telefonata. Bates, ovviamente non era molto accomodante e pensai che avesse passato una brutta giornata o forse la sua ulcera oggi gli dava particolarmente fastidio.

"Daniels, non credo che potrò esserle di grande aiuto." Disse sprezzante.

"Frank, andiamo, ne ho bisogno." Dissi, cercando di non sembrare troppo disperato.

Bates non lo accettò, almeno non in questo modo e mi chiese: "A lei cosa importa?"

Passai i seguenti cinque minuti a raccontargli l'intera storia, ovvero che "la donna era mia cliente e ora è deceduta, e vorrei sapere perché." Spiegai.

Devo dire che non sembrò molto interessato, o, almeno, finché non gli raccontai dei cinquantamila dollari; nemmeno questo sembrò preoccuparlo molto, sino al momento in cui non gli dissi che sarebbe stato molto improbabile che sarei stato pagato.

"Ehhh questo si che è un peccato!" Disse.

Chissà perché non ero così convinto di cosa intendesse dire.

“Tutto ciò che posso dirle è che la donna deceduta non è Amanda Walker” e proseguì “non abbiamo altre informazioni al momento.”

“Non è Amanda Walker” ripetei perplesso, “deve essere lei, chi altro, altrimenti?”

Bates fece un sospiro e disse: “Le ripeto che non è la Signora Walker.”

“Lei è stata qui nel mio ufficio non più di sei settimane fa.” Ripetei.

“La donna rinvenuta non è Amanda Walker” disse seccamente.

“Chi è allora?” Chiesi.

“Susan Brady.” Replicò.

Bates, sospirò e proseguì: “Cercherò di scoprirlo.” E attaccò.

* * *

Capitolo Quattro
Denis Walker

Era quindi abbastanza ovvio che non avrei ottenuto molto dal detective Bates, non ancora almeno; forse era troppo presto o forse sarebbe stato troppo tardi quando avrebbe avuto qualche novità. Nel frattempo, avrei fatto meglio a parlare con il Signor Walker.

Non è che avessi tutta questa voglia di farlo e non ero nemmeno certo che sarebbe stata la cosa giusta da fare. Sapevo che questo incontro non sarebbe stato un gran successo, ma ritenni doveroso andare a parlarci. Doveva sapere cosa si era mosso alle sue spalle.

Chiaramente colei che si era presentata da me non era sua moglie e quindi, a questo punto, non era al divorzio che mirava. Mi chiesi se avesse saputo del Carlton Hotel o se avesse tirato ad indovinare. Era comunque chiaro che non avrei avuto i miei venticinquemila e meno che meno i miei cinquantamila; forse avrei avuto più chance di andare nello spazio che di ottenere il mio compenso… pensai: facili ad apparire, facili a scomparire. Che sconsiderato sono stato.

Chi l'ha detto? Se qualcosa sembra troppo bella per essere vera, di solito si rivela una fregatura. E perché ci sto pensando ora o non ci ho pensato prima? Forse mi sarei risparmiato un mucchio di tempo e avrei evitato un mare di problemi.

Non importava; mi vennero in mente quei detti sul latte versato e sulle porte chiuse, ed eccetto per la necessità impellente di dire al Sig. Walker e a sua moglie cosa fosse successo, c'era solo una piccola questione che non mi lasciava tranquillo: Susan Brady, o come diavolo si chiami, aveva probabilmente minacciato Walker usando le informazioni che io le avevo fornito e non mi sentivo molto a mio agio a riguardo, anzi, a dire il vero mi sentivo abbastanza negativo e mi chiesi se in quel caso avessi potuto essere classificato come complice.

Non ero stato molto furbo infatti. Non avevo assolutamente considerato che quell'incontro per me potesse essere rischioso, che avrebbe potuto andare male, crearmi problemi di cui non solo non avevo bisogno ma che nemmeno volevo. Ad ogni modo, glielo dovevo.

* * *

Mi misi in contatto con il Sig. Walker e gli dissi che pensavo che avremmo dovuto vederci. All'inizio non era molto interessato e non potevo di certo biasimarlo. Era un importante uomo d'affari e non aveva davvero bisogno di essere infastidito da gente come me. Forse sarebbe stato meglio dimenticare l'intera faccenda e agganciai, ma forse no.

"Mi dica Sig. Walker, conosce Susan Brady?" Chiesi.

Rispose esitante: "Non credo, perché me lo chiede?"

"Ha letto l'Herald oggi?" Domandai.

"No, perché?" Rispose.

Feci un lungo respiro e gli dissi: "C'è una foto sulla prima pagina, la foto di una certa Susan Brady."

Non rispose e mi sembrò che non stesse afferrando, allora pensai che avrebbe potuto attaccare da un attimo all'altro e quindi mi affrettai a dire:

"Le do qualche spiegazione in più e poi le ripeterò la stessa domanda?" Proseguii raccontandogli del corpo ritrovato a Battery Park. "E' stata pugnalata e io penso che la stesse ricattando" feci una pausa e proseguii: "Glielo chiedo di nuovo, conosce Susan Brady?"

"Perché crede che mi stesse ricattando?" Chiese.

Feci un altro respiro profondo e dissi: "Perché sono stato io a darle le informazioni necessarie." Risposi.

Silenzio. Pensai che avesse agganciato. Poi sentii uno schiocco dall'altra parte e carte che si muovevano.

Poi tornò da me.

"Che tipo di informazioni?" Domandò.

Ecco il momento che avevo temuto finora, quel momento in cui avrei dovuto essere chiaro e confessare e quindi dissi: "Informazioni su di Lei e sulla Signorina Franklin e sui vostri, "incontri", se così vogliamo chiamarli, al Carlton Hotel."

"Cosa?" Mi chiese.

"Signor Walker, credo che dovremmo parlare a quattr'occhi" dissi in maniera più placida possibile. " Se preferisce al suo ufficio, o anche qui; penso che forse sia meglio per lei e sarà un incontro un po' più riservato"

Gli diedi l'indirizzo e ci accordammo per vederci. "Sarò lì fra trenta minuti." Rispose e riagganciò.

* * *

Venticinque minuti dopo la porta del mio ufficio si spalancò ed entrò il Signor Denis James Walker e tutto sembrava fuorché contento. Arrivò al centro della stanza e rudemente spinse via dei fogli da una sedia e si accomodò.

"Quindi lei mi stava spiando?" Inziò. "Stava ledendo la mia privacy e questo è un modo veramente ripugnante per guadagnare denaro, o no?"

Alzai le mani, annuii e dissi, sperando che la situazione sarebbe magicamente diventata idilliaca: "Signor Walker, non posso darle completamente torto, ma in questo mondo marcio c'è bisogno anche di questo, mi creda, esiste una miriade di persone malvagie e comunque non tutti hanno una flotta di navi da comandare."

Sapevo che quest'ultima frase non mi avrebbe certo fatto guadagnare un amico e chiaramente, lui, non ne rimase così impressionato.

"Mi creda, pensavo di farlo per sua moglie." Dissi. "La donna venne da me cercando aiuto."

"Ma non era mia moglie vero?" Rispose lui.

“No, ma non potevo saperlo al tempo.” Replicai.

“E osa definirsi detective!” Mormorò Walker. “Ha mai pensato di fare un controllo su di lei? Voglio dire, la foto di mia moglie è sul giornale quasi ogni giorno, il New Yorker, o il Time, ma immagino che lei non legga quei giornali, o no?”

Aveva ragione, assolutamente ragione, ma cosa potevo farci? Cosa avrei potuto fare? Col senno di poi… Avrei dovuto controllare, lo so, ma lei era stata così convincente, non mi aveva dato nessun motivo per dubitare. Quindi non era sua moglie, ma avrebbe certamente potuto esserlo e comunque non importava se lo fosse stata veramente o meno, i fatti non sarebbero cambiati: l’uomo tradiva sua moglie e non era successo solo un paio di volte. Quindi, come poteva ora essere così duro ed energico. Non so cosa fosse peggio, lo spionaggio o il tradimento che mi fece venire in mente il detto “il bue che dice cornuto all’asino”.

Parlando di sua moglie, mi chiesi come potesse essere, ma certamente non sarebbe stato corretto farlo, sarei sembrato poco garbato.

“Che mi dice di sua moglie?” Chiesi.

Penso che non sia stata la migliore idea che avessi avuto e infatti, se lo sguardo fosse un’arma sarebbe certamente stato un nuovo modo per commettere un delitto e sarei stato steso a terra nel giro di un secondo e lui avrebbe certamente dichiarato che era stata legittima difesa e se la sarebbe cavata; ad ogni modo, non era importante.

“Non sono affari suoi.” Rispose iroso e penso che avesse ragione in tutti i sensi.

“Mi scusi, come non detto.” Risposi velocemente. Non fu certo la migliore delle risposte, te lo concedo, ma fu la migliore che trovai al momento; forse un paio di settimane fa sarei stato più efficiente.

“La questione è Sig. Walker che Susan Brady mi ha coinvolto senza che io lo volessi e, sono stato io reperire le informazioni per lei, qualsiasi ne fosse la ragione, lei le ha utilizzate per ricattarla, o non è così?”

Walker annuì: “Si lo ha fatto.” Rispose.

“Quanto le avete pagato il suo silenzio?” Chiesi.

“Quarantamila dollari.” Replicò.

Emisi un flebile fischio e dissi: “Sua moglie non ne sa ancora nulla? Ovviamente era un rischio chiedere, ma dovevo farlo.

Walker scosse la testa e disse: “Non sa nulla della Signorina Franklin, se è questo quello che mi sta chiedendo e vorrei che la situazione rimanesse tale, ci siamo spiegati?”

“Si, capisco.” Risposi. Ovviamente non ci voleva un gran intuito per capire cosa intendesse. “Non uscirà una parola da me, si può fidare e la Signorina Brady non dirà nulla credo…”

Walker si guardò intorno ma non emise un suono.

“E’ morta e io voglio sapere perché.” Dissi.

Walker rimase in silenzio per un momento e poi rispose: “E lei pensa che io ne sappia qualcosa.”

“Bisogna però ammettere che la sua morte gioca a suo favore. Voglio dire il ricatto è un ottimo motivo per eliminare qualcuno.”

Ben presto realizzai che non sarebbe stata una buona idea cercare punti oscuri nella faccenda.

“Lei è pazzo.” Urlò “Non ho mai ucciso nessuno.”

Scossi la testa e dissi: “Ovviamente lo credo, ma era una possibilità che dovevo appurare, si sa, non è una possibilità remota.”

“Dove è stata rinvenuta?” Chiese Walker.

Tirai fuori il giornale e cercai la notizia. “il giornale dice che è stata trovata alle cinque e trenta di questa mattina e l’analisi preliminare ha stabilito l’orario della morte fra le tre e mezza e le cinque e mezza.”

“Posso categoricamente affermare che non ero nemmeno vicino al Bowery in quei due orari.” Rispose Walker.

"Può provarlo?" Gli chiesi.

"Senta Daniels, io non devo provare proprio nulla, sono innocente fino a prova contraria. Ed è così perché il nostro ben rodato e affidabile sistema lo stabilisce."

Non potei contraddirlo.

"Se proprio vuole saperlo, ero fuori per lavoro." Proseguì.

Sorrisi e annuii, era una frase che avevo già sentito spesso in passato e risposi: "ovviamente."

"La Signorina Franklin era con me." Continuò Walker.

Quindi era questo il motivo del viaggio; ancora una volta non ci trovavo nulla di strano, perchè avrei dovuto?

* * *

Capitolo Cinque

Spionaggio

Ero tentato di chiedere se Miss Franklin avrebbe potuto confermare il suo alibi, ma credo che avrei creato ulteriore stress e altre preoccupazioni a Walker. Inoltre immaginai di aver già passato il segno e pensai, non sarebbe stato tollerato altrimenti.

Riflettei, inoltre, che lei fosse stata preventivamente avvisata e che ovviamente avrebbe confermato la sua versione.

"Daniels, come sapeva che sono stato ricattato? Ho ricevuto una telefonata alle dieci di oggi in cui mi chiedevano altro denaro e mi davano istruzioni per la consegna."

Ciò non aveva senso; non capii se me lo stesse dicendo per depistarmi o se fosse sincero e così chiesi: "uomo o donna?"

"Uomo, assolutamente!" Rispose.

Scossi la testa e mi chiesi quanto sarebbe durato quel gioco e decisi di andare avanti un altro po', anche se forse, riflettendoci, c'era una remotissima possibilità che mi stesse dicendo la verità.

Quindi domandai: "E' stato alla polizia?"

Scosse la testa, mi lanciò un'occhiataccia e disse: "Daniels, dovrebbe conoscere le regole: niente polizia."

Scossi la testa, sorrisi e dissi: "Sequestro."

Walker sembrava interdetto e quindi proseguii dicendo: " In caso di rapimento la regola è sempre niente polizia, ma non ho mai sentito una cosa del genere per il ricatto."

"Daniels, se proprio vuole saperlo, non sono interessato alla sua opinione." Non sembrava essere molto contento e proseguì: "L'uomo ha detto semplicemente: niente polizia."

“L’aveva contatta prima?” Chiesi.

Walker scosse la testa: “ no, mai. Mi aveva contattato sempre quella Brady, o come diamine si chiami.”

“Non sa dirmi nulla della sua voce?” Chiesi. “L’età, nazionalità o cose del genere? Balbettava, aveva un accento particolare? Magari una voce profonda…”

“Non sono bravo in queste cose, ma se dovessi tirare ad indovinare direi: uomo bianco, di età.. oh, non saprei proprio, forse trenta, trentacinque anni o giù di lì, senza nessun particolare accento.” Fece una pausa, alzò le spalle e disse: “Cosa importa? Pensa che riuscirebbe a rintracciarlo?”

Scosse la testa ancora una volta poiché ovviamente non aveva nessuna fiducia nelle mie capacità, se mai ne avessi avuta qualcuna secondo lui.

Mi misi a riflettere per qualche secondo e mi chiesi se fosse possibile che esistesse una terza persona coinvolta e se, quest’uomo potesse essere il complice della Brady e magari potesse essere il suo omicida e che avesse pensato di potercela fare anche senza la donna. Forse avevano discusso, forse non si erano capiti o qualcosa del genere o, magari, questo era stato troppo avido e aveva voluto tenere il denaro tutto per se.

A questo punto dovevo essere in grado di trovarlo altrimenti Walker avrebbe avuto ragione a dubitare di me. Non commentare, per favore.

“Daniels, mi dica quanto le aveva offerto la mia falsa moglie per consegnarle le informazioni richieste?” Mi domandò Walker.

Mi interrogai sul perché di questa domanda e non avrei mai potuto immaginare che si sarebbe mostrato dispiaciuto per me e che mi avrebbe aiutato a recuperare la mia perdita. “Venticinquemila dollari quando avrei fornito le prove e venticinquemila a divorzio ottenuto.” Risposi.

Walker scosse la testa e sorrise “Non aveva avuto l’impressione che ci fosse qualcosa di strano dietro? Voglio dire, le sembra una tariffa normale? Le deve essere sembrato un grandissimo affare."

Scossi anche io la testa e dissi: "No, non si avvicina nemmeno lontanamente alla mia tariffa standard che, di solito, si aggira intorno ai cinquemila dollari."

"Quindi?"

Feci un respiro profondo e proseguii: "Disse che suo marito valeva un paio di miliardi e per questo pensai che potesse essere una cifra congrua."

Rimase in silenzio per un attimo; io iniziai a sudare e a desiderare un drink.

"Temo che abbia leggermente esagerato, il mio valore supera leggermente il miliardo." Disse, facendo poi una pausa. Forse attendeva da parte mia un attimo di compatimento nei suoi confronti e che mi esprimessi a suo favore.

"Non sono certo se denunciarla o no per farle revocare la sua licenza, ci devo pensare".

Io pensai che avrebbe potuto prendersi tutto il tempo che voleva, una settimana, due, un mese o sei mesi non avrebbe fatto differenza, non avevo fretta. Sebbene, ad essere onesto, non potevo biasimarlo completamente, sapevo che non era colpa mia. Voglio dire, chiunque può commettere un errore e la donna era stata veramente convincente; come avrei potuto saperlo?

"Ho deciso cosa farò." Disse risoluto Walker.

Eccoci qui: il verdetto. E' stato bello finché è durato, peccato fosse durato così poco.

"Voglio che lei mi trovi il ricattatore e quando lo avrà scovato, le darò diecimila dollari, anche se non penso lei li meriti."

* * *

Era stato corretto, non lo meritavo e inoltre non lo desideravo; non ero interessato al ricattatore, ma glielo dovevo, glielo dovevo in pieno e quindi ci accordammo per l'ingaggio.

Walker mi avrebbe tenuto aggiornato di ogni telefonata ed io sarei partito da lì.

Ad ogni modo, poiché dovevo scovare il ricattatore, avevo bisogno di sapere se la ragione del ricatto fosse ancora valida; ovvero se la piccola signorina Terri Franklin era ancora in circolazione. Ero tentato di chiedere ma ricordando ciò che era successo poco fa, decisi di non farlo e risolsi che avrei potuto fare ancora un po' di servizio di sorveglianza.

* * *

Si stava facendo notte, minacciava pioggia e questa sembrava essere un'altra di quelle serate sprecate in attesa di non si sa bene cosa e al freddo, per giunta. Si sarebbe fatta viva? Guardai l'orologio, erano le sette e trenta. Scossi la testa dal momento che ero qui in attesa dalle quattro appena passate. L'orario in cui si incontravano di solito era le cinque del pomeriggio e quindi mi chiesi cosa fosse successo, perché ci fosse stato questo cambio di programma e cosa significasse. Forse la signorina Terri Walker non era più un problema, Walker aveva mangiato la foglia e le aveva dato un nuovo piano di spostamenti, spaventato dal ricattatore.

Aveva senso, feci un respiro, starnutii e pensai che fosse grandioso, avevo preso il raffreddore e che era tutto ciò di cui avevo bisogn; lo archiviai come un brutto incarico e prima sarei rientrato, meglio sarebbe stato. Avrei fatto una doccia calda, bevuto un paio di scotch e poi sarei sceso da Chang per prendere una delle sue specialità che avrei gustato a casa mentre in sottofondo suonava un vecchio disco di blues che si sarebbe perfettamente accordato con il mio umore. Muddy Waters sarebbe stato perfetto, pensai.

Sono turbato,

Se domani avrò lo stesso umore di oggi,

Farò le valigie e scapperò

Signore sono turbato, ho delle preoccupazioni

Non sono mai soddisfatto e non riesco a smettere di piangere

Come misi piede fuori della porta, si fermò un taxi, si aprì la portiera e una giovane donna ne uscì. Tutti i miei piani svanirono in un momento.

La signorina Franklin era cambiata nelle ultime settimane, i suoi vestiti erano più costosi, così come i suoi gioielli. Era decisamente più vistosa, era questo il termine giusto, vistosa, mi domandai se avesse vinto alla roulette o ai cavalli, o forse alla lotteria o chissà...

Denis Walker uscì dall'altra portiera del taxi, pagò il tassista e andò verso Miss Franklin che lo stava aspettando. La avvolse in un abbraccio e ridendo e sghignazzando entrarono insieme in hotel.

Ecco da dove aveva ricavato il suo nuovo status di benessere, pensai. Chiaramente il Signor Walker non era preoccupato di fornire al ricattatore nuove prove, e chiaramente non era preoccupato nemmeno da cosa potesse pensare sua moglie. Mi chiesi il perché e una sola cosa mi si palesò, ovvero ciò che la finta moglie aveva detto di lui: "un rifiuto sociale". Frase che comunque si confaceva ad entrambi e non ci sarebbe stato cambiamento di vestiti o di gioielli che avrebbe potuto contrastare quanto appena detto. Mi chiesi se la Signora Walker sapeva dei cambiamenti e se le fosse importato.

Mi chiesi se avessi potuto incontrarla e se avessi potuto dirglielo; la risposta era ovviamente negativa dal momento che avevo già abbastanza problemi con Walker e non volevo di certo perdere la mia licenza.

Inoltre, se Walker fosse stato così preoccupato del ricattatore, perché non sembrava essere tanto spaventato dal mostrarsi in pubblico con la sua amichetta? Si stava esponendo ad un numero infinito di ricattatori e questo per me non aveva senso.

* * *

Capitolo Sei
Frank Bates

Rispetto a ciò che mi ero prefissato, l'incontro con Walker era andato fin troppo bene e sapevo che non avrebbe dovuto essere così; quindi non fui molto sorpreso, anzi forse avrebbe potuto andare molto peggio e non immaginavo nemmeno quanto. Ti ricordi cosa ti ho detto poco fa riguardo le sensazioni? Avevo la percezione che le cose non stessero andando per il verso giusto e che ci fosse qualcosa di strano. Ebbene sì, qualcosa di sbagliato c'era, di molto sbagliato, qualcosa che non si accordava a pieno con il resto; avevo avuto quella sensazione per tutta la mattina. Ho detto solo qualcosa, ma in verità c'erano varie cose che non andavano. Questo caso non aveva senso per niente e avevo bisogno di rielaborare il tutto.

Per prima cosa avevo una moglie che voleva spiassi il marito. Problema: non era la moglie e chiunque fosse voleva i dettagli delle scappatelle dell'uomo, di un qualcosa che aveva fatto per sei mesi o più e perché li voleva proprio ora? Voglio dire perché non di un mese o due? Al momento questo particolare era importante?

Secondo, voleva informazioni su fatti di cui lei era già a conoscenza; sì, forse non aveva tutti i dettagli più sordidi, ma sapeva luogo e ora, che bisogno avrebbe avuto di coinvolgere me?

Terzo, Walker era stato ricattato da qualcuno che aveva usato le informazioni dategli da me e la donna ricattatrice era morta. Chi ne avrebbe tratto vantaggio da questa morte? Walker era libero e senza macchie ma quando lo accusai, spuntò un secondo ricattatore e lui mi ingaggiò per trovarlo.

Inoltre, perché Walker vuole che lo trovi? Non ero esattamente l'impiegato del mese e oltretutto un minuto prima parlava di denuncia per farmi revocare la licenza e il minuto dopo mi offriva diecimila dollari di compenso. Molto improbabile, pensai.

Nulla aveva senso per me, se non che Walker aveva inventato una seconda persona per depistare l'attenzione da se stesso. Ora, se tutto ciò era corretto l'intera faccenda cominciava ad avere un senso ma si veniva a definire, di nuovo, un solo colpevole su cui puntare il dito: Walker.

* * *

Stavo iniziando a sentirmi abbastanza bene con me stesso, ero sempre piu certo che Walker avesse ucciso la donna anche se non ne avevo prove. Devo, però, ammettere che le cose tendono a sembrare più semplici una volta che hai definito un sospetto e sarebbe andato tutto per il verso giusto se avessi saputo qualcosa in più della ragazza uccisa.

Forse Bates aveva trovato qualcosa di nuovo, nel frattempo avevo ordinato un drink per festeggiare. Ma cosa festeggiavo? Importava davvero?

Entrai nella mia piccola cucina e mi versai uno scotch, mi sedetti di nuovo alla scrivania e premetti il pulsante play sul CD.

* * *

Il telefono suonò improvvisamente e rispondendo dissi: "Daniels"

"Daniels, sono Bates. Abbiamo fatto delle ricerche sulla Signorina Brady."

"Sì, e? ….."

"E di significativo non c'è nulla, non esiste nei registri."

"Che significa non esiste? Ovviamente esiste." Risposi più agitato di quanto volessi sembrare. "Ok, quindi è morta ma esiste, questo è ovvio, non ci saremo mica sognati un corpo, no?"

"Abbiamo controllato col Sicurezza Sociale e non c'è traccia di lei, abbiamo controllato il suo certificato di nascita, la patente di guida, le banche e non è uscito nulla." Spiegò.

"Ci deve essere qualcosa!" Dissi non convinto "Vi sfugge qualcosa."

Bates sospirò. "Non abbiamo saltato nulla, le dico, abbiamo addirittura controllato le impronte digitali, non ha mai preso una multa e non ha mai fatto un'infrazione. A parte il nome in una busta nella borsa, non vi era altro modo per identificarla, non abbiamo nemmeno un indirizzo."

Non potevo crederci, qualcuno doveva conoscerla, doveva avere una madre, un padre, un fratello o una sorella. "Nessuno si è presentato a reclamarne il corpo?" chiesi arrampicandomi sugli specchi.

"No." Rispose Bates. "Nessuno si è fatto avanti, è un mistero completo.

A questo punto mi chiesi chi fosse Susan Brady. Ok, non era Amanda Walker e questa era l'unica cosa certa, ma ora cominciava ad essermi chiaro che non si chiamasse nemmeno Suasan Brady. Quindi chi era la donna uccisa?

"Può fare una ricerca fra le persone scomparse?" Suggerii nella speranza di poter essere d'aiuto.

"L'ho preceduta, Daniels abbiamo già controllato fra le persone scomparse e niente, non è uscito che un bello 0 tondo tondo." Replicò Bates e proseguì dicendo: "Ci sono un paio di donne scomparse di zona, ma nessuna ha i suoi stessi connotati."

"Quindi non siamo nemmeno vicini a sapere chi possa essere o perchè sia stata uccisa." Dissi e forse il mio commento risultò inutile.

"Se solo potessimo avere la certezza di un'identificazione, arriveremmo a qualche risultato." Disse Bates "O se potessimo trovare la scena primaria del crimine… anche questo potrebbe aiutarci."

"Non ha nessuna idea in merito?" Chiesi.

"No, l'unica traccia che abbiamo è una scarpa."

"Le scarpe, che c'entrano?" Chiesi.

“No, non le scarpe, ho detto la scarpa.” Disse Bates. “Il corpo aveva soltanto una scarpa e penso che l’altra le si sia sfilata chissà dove e sia rimasta lì, magari sulla scena del crimine.”

Non sono uno scommettitore, ma qui avrei alzato la puntata. Voglio dire, chi avrebbe riportato alla polizia il ritrovamento di una scarpa singola? Io no, e credo nemmeno tu.

Se tutti coloro che in città trovano vecchi vestiti in giro li denunciassero alla polizia, quest’ultima non avrebbe modo di controllare il traffico.

Avevo un’idea che mi frullava nella testa ma avevo bisogno di rielaborarla.

* * *

Capitolo Sette

Il Jerry's Bar

Faceva veramente caldo oggi, la pioggia che era stata prevista non era scesa e non c'era più una nuvola in cielo. Normalmente non avrei avuto nessun problema a riguardo ma avevo passato l'intera mattinata dietro a un tale Signor Walker e alla sua amichetta. I due avevano visitato più negozi di quanti pensavo ne esistessero; l'uomo doveva aver speso una fortuna. Oh certo erano soldi suoi e avrebbe potuto spenderli come voleva ma…

Cominciai a chiedermi se esistesse davvero un ricattatore e se ci fosse mai stato e devo ammettere che non sembrava molto probabile al momento, visto che Walker viveva la sua storia alla luce del sole. Non sembrava esserci intenzione di nascondere la cosa o di essere discreti. Inoltre, non avevo più avuto nessuna notizia da Walker circa il pagamento del riscatto o ulteriori richieste di denaro e quindi cominciai a pensare che fosse tutto un'invenzione, che non vi fosse nessun problema o che ci fosse stato. Sospirai, ne avevo avuto abbastanza delle loro compere e decisi di smettere. Basta perdere tempo, avrei steso un rapporto e lo avrei mandato a Walker, insieme al conto delle spese sostenute. Ovviamente non mi aspettavo di essere pagato, ma lo avrei comunque mandato. Non gli sarebbe piaciuto, ma tanto non dovevamo certo diventare amici.

* * *

Ne avevo avuto abbastanza, ero stanco e avevo caldo, avevo perso ogni interesse in Walker e nella sua amante, ero stufo dell'intera faccenda. Se voleva buttare soldi in questo modo, era liberissimo di farlo, per quanto mi riguardasse, avrebbero potuto fare tutto ciò che desideravano. Cosa m'importava? Speravo davvero che la signora Walker li scoprisse e agisse di conseguenza, non m'importava che del mio mal di piedi.

Mi fermai al Jerry's bar; veramente ad essere onesti mi aveva chiamato qualche giorno prima per dirmi che aveva qualcosa che secondo lui poteva interessarmi, o almeno così mi disse. Jerry non sembra essere quel tipo di persona che dà quel tipo di informazioni eppure mi aveva detto: *"Sembro l'ufficio informazioni?"* In passato non aveva mai voluto essere coinvolto e non ne ha mai voluto sapere nulla. Come ti ho già detto, è uno di poche parole.

Le cose sono cambiate, specialmente per me, dal momento che gli ho suggerito di far utilizzare il suo bar agli spacciatori noti del quartiere. Penso che abbia considerato utili i miei consigli e abbia deciso di passarmi qualche informazione, ma questa è un'altra faccenda.

* * *

Erano le quattro e un quarto quando entrai nel bar e gli avventori del pranzo erano, ormai, andati quasi tutti via; erano rimasti un paio di ubriachi ed era di gran lunga presto per i frequentatori della sera. Jerry mi vide entrare, mi fece un cenno con la testa e mi indicò un tavolo nell'angolo a cui mi diressi e mi accomodai. Qualche minuto dopo Jerry arrivò con qualche drink, si sedette davanti a me e mi mise da bere di fronte.

Ci scambiammo i soliti convenevoli. Lui era sempre gentile, così come sua moglie Charlene e i suoi meravigliosi figli Ruth, una bimba di otto anni e Colin, un maschietto di dieci. Non ho mai fatto domando sulla nonna dai capelli canuti, quindi non chiedermi nulla. Gli dissi che mi facevano male i piedi e non sono certo che ne fosse colpito.

"Quindi Jerry, vuoi ragguagliarmi sull'informazione che avresti per me?"

Jerry si guardò attorno, non ero certo del perché visto che nel bar non c'era una grande attività o nessuno che ascoltasse, presi il drink. *Prenditi pure tutto il tempo che vuoi, basta che sia in giornata.*

"Ti ricordi dela ragazza, quella trovata morta l'altro giorno?" Cominciò a spiegare.

Purtroppo parecchie ragazze erano state uccise, è triste, ma è la dura realtà. Ricordi? Te l'ho già detto, è un mondo crudele.

"A quale in particolare ti riferisci?"

"L'unica trovata a Battery Park. Susan qualcosa."

"Brady, Susan Brady." Risposi.

"Si giusto, lei! Ricordavo solo il nome."

"Perché pensi che possa interessarmi?" Chiesi.

Jerry alzò le spalle e disse: "Non so, ho pensato che tu essendo un detective avresti potuto essere interessato, tutto qui. Inoltre pensavo che saresti stato in grado di aiutare la polizia e che quindi sarebbe stato utile per te."

Bene, che fosse stato un pensiero era certo. Ovviamente Jerry non mi avrebbe fatto nulla di male e il Detective Bates mi avrebbe ripagato dandomi del tempo prezioso.

"Quindi, cosa puoi dirmi?" Chiesi.

Rispose: "E' stata qui, circa tre o quattro mesi fa o giù di lì, sai non sono preciso con le tempistiche."

"Era qui da sola?" Chiesi.

Jerry scosse la testa, prese il drink e rispose: "No era con un'altra donna. Una signora molto bella ed elegante."

"Sai il suo nome, intendo della donna molto bella."

"Si, certo, tutti abbiamo un nome… Mattie o forse Mandy, qualcosa del genere, ma non ne sono certo." Disse Jerry.

"Poteva essere Amanda?" Suggerii.

Jerry sorrise e annuì: "Giusto, Amanda! Era Amanda Jackson."

Il nome non mi diceva nulla, ma una connessione fra i nomi Susan e una qualche Amanda era troppo per essere una coincidenza. Presi il portafogli e tirai fuori la foto; la allungai a Jerry e dissi: "Per caso è lei?"

Jerry la guardò per qualche istante e poi annuì. “E’ lei! Molto simile.” Mi ridiede la foto e io la riposi al suo posto. “Chi è?” Chiese.

Scossi la testa e alzai le spalle: “E’ una lunga storia, te la racconterò la prossima volta.” Risposi: “A che ora s’incontrarono?”

Jerry scosse la testa e disse: “ Non lo so. Come ti dicevo è passato parecchio tempo e non ricordo. Nel pomeriggio o giù di lì; il bar non era molto pieno, come ora. Le quattro circa, forse leggermente più tardi.”

“Sono arrivate insieme?” Chiesi “O si sono incontrate qui?”

“Si sono incontrate qui. La donna elegante era arrivata per prima e forse dieci minuti dopo era arrivata l’altra.”

“Che si fossero incontrate per caso?” Suggerii.

Jerry scosse la testa e rispose: “Non c’era nulla di casuale in quell’incontro, era di certo un appuntamento pianificato, l’ho dedotto da come si comportavano e dalle cose che si dicevano. Era ovvio che si conoscessero già, direi che erano amiche.”

“Cosa si sono dette?” Chiesì.

“Dai Daniels lo sai benissimo che non origlio mai le conversazioni degli altri.” Protestò.

“Lo so, ma non sai proprio di cosa stessero parlando?”

Jerry alzò le spalle e svuotò il bicchiere, poi disse: “ Ok, Ok.”

“Va avanti ti ascolto.”

“Una delle due, quella sul giornale, parlava di un periodo che aveva già compiuto.”

“Parli di galera?” Sapevo di cosa stesse parlando ma volevo essere certo che lo sapesse.

“Si certo, di che altro? Mi è sembrato che dicesse che era appena uscita e che avesse bisogno di soldi.” Si prese un attimo e proseguì: “Ma l’altra donna, quella ben vestita, Mattie o come diamine si chiami, era lei che pagava, un Martini per se stessa e Gin e Soda per la sua amica. Certamente ne avevano viste delle belle, te lo assicuro."

"Per caso sai quando era stata in prigione?" Chiesi, tiravo ad indovinare, magari ricatto.

Jerry scosse la testa.

Non ne fui sorpreso. Ciò che mi lasciava interdetto era che Bates non avesse trovato nulla a riguardo nel database della polizia; questo non aveva nessun senso per me. Presi il mio bicchiere e lo bevvi d'un sorso, lo passai a Jerry dicendo: "Ci facciamo un altro giro, che dici?"

Jerry sorrise, annuì e si alzò: "E' un'ottima idea." Prese i bicchieri e si allontanò attraversando il bar.

Jerry aveva ragione, l'informazione poteva tornarmi utile, non sapevo ancora come, visto che aveva sollevato un mare di domande e non aveva portato a nessuna conclusione. Guardai Jerry, sembrava essere troppo impegnato con un altro cliente e non sarebbe tornato a breve, quindi mi alzai e andai verso di lui.

"Jerry non sai dirmi niente di più?" Chiesi. "Non sai di cosa stessero parlando?"

Jerry scosse la testa e disse: "No, eccetto ciò che ti ho appena raccontato" mi disse mentre mi metteva davanti un altro drink. Fece una pausa mentre iniziava a strofinare con uno straccio il bancone e poi proseguì: "Bob potrebbe aver sentito qualcosa in più"

"Chi è Bob?" Domandai.

Jerry rispose: "Bob Chandler, è un cliente che è stato qui lo stesso giorno, ovvero quando le donne erano qui e deve averle sentite parlare poiché sedeva al tavolo a fianco del loro."

Guardai Jerry e annuii, poi mi guardai intorno e dissi: "E' qui ora? Ci vorrei parlare."

Jerry scosse la testa "No, non c'è, è partito per affari credo, non so, hai capito?" e proseguì: "Ha detto che sarebbe tornato in un paio di giorni e questo è tutto ciò che so, ma se vuoi cerco di raggiungerlo al telefono."

Svuotai il bicchiere e lo ringraziai "Grazie, se puoi fallo. Ci vediamo presto."

* * *

Avevo qualche pezzo di puzzle in più su cui lavorare; sembrava che Amanda Walker, moglie del magnate delle spedizioni, Denis Walker, conoscesse Susan Brady, l'ex-galeotta. Cosa si fossero dette? Dimmi con chi ti accompagni e ti dirò chi sei.

Mi chiesi da quanto si conoscessero, Jerry aveva detto che secondo lui si conoscevano da parecchio tempo, forse erano andate alla stessa scuola.

E, cosa più importante, mi chiesi di cosa avessero parlato. Forse la Signora Walker aveva raccontato di suo marito e delle sue scappatelle e forse la Brady ci aveva visto una buona opportunità di guadagno e aveva pianificato il ricatto a Walker.

* * *

Capitolo Otto

Una visita

Era tardi quando rientrai in ufficio e mi sentivo un po' stanco visto che era stato un altro di quei giorni duri, sai quali intendo? Quelli in cui fai tre passi avanti e due indietro, solo che nel mio caso avevo fatto quattro passi indietro e nessuno in avanti, avevo sempre più domande e sempre meno risposte.

Mi stavo arrovellando il cervello su questo caso mentre ascoltavo una cazone di Muddy Waters che sembrava accordarsi perfettamente al mio umore.

Ho rotolato fino a cadere, ho pianto tutta la notte

Ho rotolato fino a cadere, ho pianto tutta la notte

Mi sono svegliato questa mattina e non riuscivo a distinguere il bene dal male

Sulla mia scrivania, di fronte a me, c'era uno dei menù speciali del Mama Dells, che mi era sembrata un'ottima scelta quando lo avevo preso, venti minuti fa, ma ora non ero certo che fosse l'opzione giusta. Mi era chiaro che Danis Walker era colpevole ma provarlo era un altro conto e, avevo la brutta sensazione che lui l'avrebbe fatta franca. Non era una cosa che mi piaceva, so che lo capisci, non avevo un buon presentimento che, oltretutto, stava rovinando il mio appetito.

Arrivai alla scatola e presi una fetta di pizza, attenzione ho detto rovinare non che mi fosse passato del tutto l'appetito.

Bussarono alla porta.

Andai allo stereo e abbassai il volume, guardai l'orologio, erano quasi le sei e mi chiesi chi mai potesse essere a quest'ora tarda.

"Prego!" dissi ad alta voce.

Nulla. Di nuovo un tocco alla porta.

"Prego" Dissi di nuovo.

Ancora nulla; quindi controvoglia andai verso la porta e l'aprii. C'era una signora nel corridoio, una vera signora, alta circa centocinquadue centimetri, capelli ramati, gli occhi più azzurri che avessi mai visto.

"Sono Amanda Walker" disse anche se detto così, non le rendeva giustizia. Nessuno che avesse la sua bellezza avrebbe dovuto parlare. Vestita per l'opera, sembrava bella come un milione di dollari, non che avessi idea di come fosse un milione di dollari, soprattutto tramutato in vestito. Veramente non sapevo nemmeno come fosse un vestito per l'opera, ma credo fosse così. Scivolò nella stanza leggiadra come una ballerina e si sedette mentre io cercavo di ricordare se avessi spolverato di recente la sedia degli ospiti. Sono proprio strani i pensieri che ti vengono in mente all'improvviso.

Disse di nuovo: "Sono Amanda Walker." Ma io lo avevo già capito la prima volta. Mi chiesi apaticamente cosa avesse la Signorina Franklin in più rispetto alla Signora Walker. Come ho appena detto, i pensieri che ti balenano nella mente sono proprio strani. Comunque pensai che fosse il contrario, cosa non avesse la Franklin, tipo portamento, stile, gusto, classe e denaro. Cosa trovasse Walker nella Franklin era per me incomprensibile e comunque *de gustibus non disputandum est* e dopotutto, il mondo è bello perché è vario.

"Che bello vederla Signor Daniels, mio marito mi ha raccontato molte cose su di lei." Disse.

Immagino, pensai. Mi chiesi se le avesse raccontato le cose alla leggera o se le avesse detto ogni singolo, squallido, triste e misero particolare della storia. "Posso spiegare, è stato tutto un malinteso..." Dissi.

"Non ce n'è bisogno." Disse, unendo le mani. "Tutto, perfettamente comprensibile. So tutto sulla Signorina, comunque si chiami." Fece una pausa.

Non capivo che bisogno avessi di chiedere, ma forse non sapeva che la donna deceduta era la sua amica del bar, incontrata qualche mese prima, forse sapeva, ma non immaginava che io sapessi.

"Susan Brady," risposi sperando che capisse che sapevo più di quanto lei pensasse.

Certo Susan Brady era, senza dubbio, una bella donna, ma non aveva nulla a che vedere con la bellissima donna seduta davanti a me. Le cose sarebbero andate molto differentemente se io avessi posto più attenzione.

"Susan Brady" ripetei dimenticando di aver già risposto alla sua domanda.

"Si ora ricordo. Ho saputo di come l'abbia ingannata per ottenere delle informazioni e di come abbia ricattato mio marito. Mi ha raccontato tutto. Una donna molto intelligente, forse un po' avida che però ha fatto male i suoi calcoli."

Pensai che per qualche calcolo errato ora la donna era sdraiata sul granito della Camera Mortuaria e che forse non era stata così intelligente. Mi chiesi anche se Walker avesse davvero raccontato tutto alla moglie, incluso della sua amica la signorina Franklin o se le avesse dato un'altra motivazione per il ricatto a cui era sottoposto, qualcosa di sotto banco a lavoro o qualche affare di doppio gioco al cinodromo.

"Che posso fare ler lei signora?" Chiesi.

Scosse la testa e disse: "Nulla in realtà. Ho solo pensato che fosse giunto il momento di incontrarci." Fece un pausa e proseguì: "In qualche modo sento di conoscerla già."

Ecco, pensai, è solo una visita amichevole. *Ma si certo sei passata nel quartiere per caso e hai deciso di fare un salto.* Questo era il bello della donna, considerando cosa io pensassi del marito o più precisamente cosa lei pensasse di me. Veramente voleva il divorzio? Sapeva davvero della signora Sgualdrina Vattelapesca? Mi dibattevo se chiedere o meno; in fin dei conti, se avesse saputo, allora era palese che non gliene importasse nulla.

"Oh, c'è un'altra cosa," proseguì.

"Vada avanti." Dissi.

"Mi chiedevo se le autorità abbiano una qualche idea su chi l'abbia uccisa."

Scossi la testa e pensai '*a dire il vero pensiamo sia stato tuo marito*', ma non sembrava la risposta giusta.

"Non ancora purtroppo, ma ci sono pochi indizi, finora proprio nulla, tutto si riduce ad una scarpa." Dissi.

"Una scarpa." Ripeté chiaramente perplessa.

Iniziai a spiegare: "Sì, si sa che Battery Park non è la scena del crimine primaria. Sarebbe di grande aiuto nell'indagine sapere dove sia stata uccisa."

"E cosa ha a che fare con una scarpa?" Chiese.

"Al ritrovamento, la donna, indossava una sola scarpa e l'altra non si è più trovata." Continuai.

"E si pensa che la scarpa sia rimasta alla scena del crimine primaria…" suggerì.

Non avrei saputo dirlo meglio e quindi non dissi nulla, mi limitai ad annuire.

"Che altro?" Chiese.

Alzai gli occhi e dissi: "Non molto, temo. Pensiamo che avesse un complice nel ricatto, un uomo. Non so se mi spiego, una delle teorie è che il partner sia diventato più avido e abbia deciso di tenere il bottino per sé."

"E il complice, chiunque esso sia, l'ha eliminata." Suggerì la Signora Walker.

"Oh, è solo una teoria, ma è possibile."

Scosse la testa, fece un lungo respiro e disse: "che episodio funesto, è incredibile che gesti possa arrivare a compiere la gente in nome del denaro."

Mi alzai. Considerando che la Signora Walker era sposata con un'immane fortuna e che il denaro era l'ultimo dei suoi problemi, la sua frase suonò alquanto superficiale e quindi dissi sarcasticamente: “Non è una faccenda di tale importanza da dover oscurare i pensieri nella vostra testolina.”

Si alzò e disse, allungando la mano verso di me: “E’ stato un piacere incontrala Signor Daniels.

“Di sicuro, anche per me.” Dissi, stringendo la sua mano.

Non posso credere di averlo detto davvero *‘Di sicuro, anche per me!’*, che cosa mi era venuto in mente?

“Grazie per avermi incontrato.” Disse dirigendosi verso la porta.

“E’ stato un piacere.” Dissi, aprendole la porta “A sua disposizione e dia i miei saluti a suo marito.”

Uscì dall’ufficio, la guardai camminare lungo il corridoio, fin quando non ebbe girato verso le scale. Chiusi la porta e mi sedetti. Sono certo che i miei saluti saranno largamente apprezzati da Walker, ma non penso che gli risolleveranno la giornata.

Questa fu la scusa per un drink, doppio e un altro pezzo di pizza. Premetti il tasto play sull’impianto CD e misi i miei piedi sulla scrivania.

* * *

Capitolo Nove

Honeysuckle Drive

Ok, le informazioni ottenute da Jerry erano interessanti; a dire il vero più che interessanti, direi intriganti. Sebbene queste mi avessero dato risposta a poche domande ed avessero sollevato un gran numero d'interrogativi, speravo che quest'uomo, Bob Chandler, sarebbe stato in grado di darmi qualche ulteriore informazione. Una cosa almeno era certa; c'erano uno o più collegamenti, anche importanti, fra Amanda Walker e la donna uccisa. Era anche più che ovvio che la donna uccisa avesse utilizzato in qualche modo questi collegamenti.

Era recentemente uscita di prigione e aveva bisogno di denaro. Comprensibile, azzardai, dal momento che probabilmente era disperata. Sapeva che la sua amica aveva sposato un uomo facoltoso che lei aveva scoperto tradire la moglie. Avendo avuto qualche informazione dalla Signora Walker, doveva aver cominciato a pianificare il ricatto. Dovevo essere stato il primo passo; io ci ero caduto in pieno e probabilmente sarebbe successo a chiunque.

Ad ogni modo, aveva ottenuto delle ottime informazioni grazie a me e quindi era sicuramente passata al secondo punto del suo piano. Si era messa in contatto con Walker, aveva fatto la sua richiesta di pagamento o altro. Walker aveva pagato, ma lei era diventata sempre più cupida e aveva chiesto più denaro. Va sempre a finire così; poi sai come sia finita.

** *

Ovviamente c'erano molte domande a cui rispondere ancora e prove da trovare, ma finalmente avevo qualcosa su cui lavorare. Avevo bisogno solo di qualche altra prova e mi chiesi se l'arma del delitto fosse stata trovata e sarebbe stato anche bello sapere dove fosse accaduto realmente l'omicidio.

Presi il telefono e chiamai Frank Bates. Qualche minuto dopo ero in comunicazione.

"Detective Bates, come posso aiutarla?" Disse la voce dall'altro capo del telefono.

"Salve Frank, sono Daniels."

"Hey Daniels, la stavo per chiamare." Disse Bates. "Come posso aiutarla?"

Risposi: "Sono stato di recente al Jerry's Bar."

"Sta diventando un vizietto?! Quante volte è stato lì questa settimana?" M'interruppe.

Ignorai in commento e dissi: "Come le dicevo, sono stato recentemente al Jerry's Bar dove ho fatto una lunga chiacchierata con il mio amico Jerry e ho scoperto alcune cose davvero interessanti sulla nostra conoscenza Susan Brady."

"L'ascolto." Rispose.

Gli raccontai tutto ciò che avevo scoperto.

"E' molto interessante," disse "soprattutto la parte che riguarda la prigione, anche se è alquanto strano che non abbiamo trovato nessun dettaglio negli archivi di polizia."

Devo ammettere che era strano davvero, ancora più strano che non avessero trovato nulla negli archivi della sicurezza sociale o da qualsiasi altra parte. Il nome Susan Brady non spuntava da nessuna parte.

"Forse il nome è sbagliato," suggerii. "Forse non è nemmeno Brady."

Bates mi diede ragione e disse: "Potrebbe essere." Poi fece una pausa e proseguì: "Controllerò anche questa signora Walker."

Ad ogni modo, qualcosa mi diceva che Bates non sarebbe arrivato lontano seguendo quella strada, quindi gli dissi: "Ho parlato con la Signora Walker l'altro giorno e ho dovuto ricordarle il nome della donna uccisa e ho pensato che fosse abbastanza strano."

"Vada avanti." Disse Bates.

"Non ho molto da aggiungere eccetto che le ho ricordato che il nome fosse Susan Brady e lei ha risposto che sì, lo ricordava."

"Non ha mai messo in dubbio il nome?" Chiese Bates.

"No mai, lo ha preso per buono." Risposi.

"Daniels, lei mi ha detto che erano state viste bere insieme al Jerry's Bar"

"Sì, corretto. Solo qualche mese fa." Risposi. "Tra l'altro, è per caso che abbiamo deciso che la vittima si chiamasse così?"

"Facile." Rispose Bates. "Abbiamo trovato questo nome su una busta che era nella sua borsa."

Sicuro. Mi ricordavo che fosse l'unico oggetto identificativo sul corpo e quindi dissi: "Penso che sia stato deliberatamente messo sul cadavere dall'assassino."

"Scommetto che lei ha ragione quindi, non abbiamo ancora idea di chi sia la donna." Disse Bates.

"Giusto. Abbiamo altro? Abbiamo L'arma del delitto?" risposi alzando lo sguardo.

"Temo proprio di no." Replicò Bates.

"E della scarpa? E' stata trovata l'altra?" Chiesi senza aspettarmi però un risultato positivo.

"Sì, e questa è la buona notizia, l'abbiamo trovata." Rispose Bates e proseguì dicendo: "E' stata rinvenuta da un ragazzo che portava il cane a spasso. A dire il vero l'ha trovata il cane, questa mattina presto, erano circa le undici e ci ha chiamato un quarto d'ora dopo."

Mi chiesi come mai una persona che rinviene una scarpa pensa a chiamare immediatamente la polizia, voglio dire io non lo farei

"Non è stata la scarpa ad attirare la sua attenzione" si affrettò a spiegare Bates, "è stata la pozza di sangue vicina. Ha chiamato il 911 e la cosa più importante è stata che ha trovato anche un gemello da polsino sporco di sangue. Penso che appartenga all'omicida e credo che questo lo abbia perso durante la colluttazione."

"Colluttazione?" Domandai.

"Sembra che la ragazza si sia dibattuta parecchio."

Non so cosa ne pensi tu, ma io la trovo una faccenda veramente triste; voglio dire un omicidio è pur sempre un omicidio comunque lo si guardi, lo so da me, non c'è mai nulla di positivo in un fatto del genere, ma penso sempre che, quando la vittima se ne rende conto, capisce cosa le stia accadendo sia terribile e magari non ne sa il perché. Si dibatte, tenta di sopravvivere ad ogni costo, insomma non riesco nemmeno a pensarci.

"Dove è avvenuto l'omicidio?" Chiesi.

"Chantry Woods, sa dove sia?"

Certo che lo conoscevo, era un posto famoso fra i vagabondi e i proprietari di cani. "Non lontano dalla casa di Walker, se non ricordo male." Risposi.

"Giusto è solo a uno o due miglia di distanza da Honeysuckle Way." Rispose Bates.

"Sa a cosa sto pensando, vero? Walker è il nostro uomo" Dissi.

"Potrebbe dal momento che ha un movente. Andremo da lui per fare quattro chiacchiere. Vuole Venire?" Disse Bates.

"Certo che si!" Dissi. "Sarò lì fra trenta minuti."

Agganciai e guardai l'orologio, erano le due e quaranta. Presi ciò che rimaneva del mio pranzo e pensai che il resto era per il gatto.

Lo sai che significa? No!? A dire il vero io non ho un gatto, non posso tenerne, non dove vivo. Non sarebbe corretto e il proprietario di casa non lo permetterebbe.

Qui in ufficio abbiamo un gatto randagio; vive nel cortile posteriore. E' una gatta grande e morbida con le zampe bianche; che chiamiamo Ginger. Sì, lo so non è un nome così fantasioso ma è stato l'unico su cui ci siamo accordati.

Non appartiene a nessuno, non so se mi spiego, ma è stata adottata da tutti; non ha un collare o un microchip o qualcosa del genere e quindi nessuno sa da dove sia spuntata. Non abbiamo mai visto nessun annuncio di ricerca per ritrovarla e quindi sembra non avere un proprietario.

Un giorno è spuntata fuori. E' stato circa un paio di mesi fa e da allora è rimasta qui. Non so perché, forse perché abbiamo cominciato ad alimentarla. Ad ogni modo, sembra felice a giudicare dalle fusa che fa e sembra passarsela molto bene. Qui trova cibo, riparo e una carezza ogni tanto. Cosa potrebbe desiderare di più?

* * *

Mentre uscivo dalla porta posteriore la trovai lì. Qualcuno le aveva procurato una nuova scatola, un riparo dal vento, con una vecchia coperta. Sembrava che stesse bene, tutta bella acciambellata e al calduccio; sembrava addormentata. Si mosse quando le misi davanti l'avanzo della mia pizza, proprio vicino alla tazza di latte che qualcuno le aveva lasciato; la guardò, poi si girò e tornò a dormire.

Pensai che sarebbe stato il caso di lamentarmi al Mama Dells; chiaramente non c'erano abbastanza olive.

* * *

Due-due-quattro di Honeysuckle Drive era una delle di quelle case, hai capito quali? Quelle che prendono sei isolati e per cui hai bisogno di un taxi per raggiungere l'abitazione successiva; ok, forse sto un po' esagerando – sì, forse sto esagerando troppo, ma è veramente una casa enorme, forse con cinquanta camere o giù di lì e comunque, decisamente grande per due persone. Riflettei che magari non era un male che non abbiano avuto figli, sarebbe stata di certo troppo piccola.

La casa sprizzava ricchezza da tutti i pori e penso che valesse più di parecchi paesini messi insieme. La mia vecchia auto parcheggiata sulla strada, vicino alla Mercedes e alla Cadillac non si notava nemmeno.

Alla porta rispose, al terzo tentativo, un maggiordomo dai capelli ingrigiti, scommetto che il suo nome fosse James, o forse Charles; sono i due nomi più comuni, ci hai fatto mai caso? Ovvio che io non sia un esperto di maggiordomi, è solo l'idea che mi sono fatto guardando i film.

Ad ogni modo, comunque si chiamasse, ci chiese chi fossimo e disse: " Come posso aiutarvi, signori?"

Il Detective Bates si fece avanti mostrando il tesserino "Vorremmo vedere il Signor Walker", rispose.

Il maggiordomo si mise di lato e ci fece entrare in un ampio ingresso. Ho detto ampio? Credo lì dentro si potesse parcheggiare tutto il mio appartamento e forse sarebbe avanzato ancora dello spazio.

"Vedrò se può ricevervi, attendete qui per favore." Disse James.

Indicò un punto preciso, ma non vedevo nulla di che in quel punto e pensai che per lui potesse avere un particolare valore, nonostante ciò, mi mossi per prendere posto dove ci aveva indicato. Non mi interessava dove Bates avrebbe atteso. James andò in una delle stanze di fronte, la biblioteca o forse il salotto, o forse la sala colazioni… non so.

Sto ancora tentando di capire che stanza fosse, quando si aprì la porta, il maggiordomo si posizionò sulla soglia e una voce dall'interno disse: "lasciali entrare Thomas".

Ok, il nome quindi non era James, cosa vuoi? Non vorremo trasformarlo in un caso di stato.

* * *

Capitolo Dieci
Ancora Qualche Domanda

Thomas rimase alla porta e lasciò che noi entrassimo nella stanza.

"Per favore entrate, signori." Disse Walker alzandosi per salutarci. "Prego accomodatevi." Proseguì indicando il divano.

"Sono il Detective Bates e questo è Jack Daniels, un investigatore privato locale." Disse Bates accomodandosi.

Walker annuì e mi guardò, poi disse: "Conosco Daniels, siamo vecchi amici, vero? Anche se non pensavo che lo avrei rivisto a breve".

Bates sembrò disorientato e mi guardò. Io mi limitai a sorridere.

"Mi fa piacere vederla di nuovo." Risposi. Ero tentato di chiedere se avesse ricevuto il mio rapporto e la mia fattura, presto avrei dovuto ricevere un assegno. Decisi di tacere.

"Grazie per averci ricevuto anche con così poco preavviso," disse Bates.

"Sono sempre contento di poter essere utile alle forze dell'ordine." Rispose Walker e poi proseguì: "Posso offrirvi una tazza di tè?"

Io avrei di certo preferito qualcosa di più forte, ma il tè sarebbe andato bene, se poi fosse stato accompagnato da ciambelle alla crema sarebbe stato perfetto.

"Niente tè, ma grazie," rispose Bates.

Quindi pensai che nessuno avrebbe preso il tè.

"Bene Thomas, allora non ho bisogno di nulla." Disse Walker agitando la mano con noncuranza. "Ti chiamerò se avrò bisogno di te." Poi si girò di nuovo a guardare noi e chiese: "Come posso esservi utile?"

"Riguarda il corpo trovato recentemente a Battery Park," Bates cominciò a spiegare: "Forse ne ha sentito parlare."

Walker annuì dicendo: "Sì certo, ma che ha a che fare con me?"

"Ho solo qualche domanda, credo che lei possa chiarirmi dei punti, non la tratterremo a lungo." Rispose Bates.

"Ok, Signore, vada avanti." Replicò Walker.

"Riguarda Susan Brady." Spiegò Bates.

"la donna che hanno rinvenuto cadavere nel Parco l'altro ieri; è spaventoso. In che mondo viviamo!" Walker affermò.

Bates proseguì dicendo: "So che la donna la stava ricattando; le stava chiedendo denaro per tacere su qualcosa?"

Walker rispose: "Giusto, la sua informazione è corretta."

"E' non ha mai pensato di denunciarlo alla polizia, vorrebbe raccontarmelo ora?"

Walker scosse la testa e disse: "Ora che la donna è deceduta mi sembra superfluo."

Bates decise di mettersi a lato e fece un sospiro ponendo il gemello su un lato del tavolo. "Lo ha mai visto prima?" Chiese.

Walker lo prese e lo guardò per qualche momento poi disse: "penso di averne un paio uguali, perché me lo chiede?"

Bates disse, indicando il gemello: "E' stato rinvenuto sulla scena del crimine."

Walker lo guardò ancora per qualche momento e lo restituì a Bates dicendo: "Cosa vorrebbe dire questo? Che il gemello abbia a che fare con me? Dozzine di uomini, forse centinaia, hanno gemelli come questo; ha un disegno molto comune."

Bates annuì e proseguì: "Sì signore immagino sia corretto, sono certo che molti uomini abbiano gemelli con lo stesso disegno, ma se fosse possibile io vorrei vedere i suoi."

Walker era disorientato: "Perché diamine vuole vedere i miei gemelli?"

Bates insistette: "Può prenderli per favore?"

"E' ridicolo, ha un mandato?" Chiese e scuotendo la testa disse: "Non importa, li prendo."

Si alzò, uscì dalla porta ed andò nel corridoio e disse: "Thomas, per favore porti giù la mia scatola dei gemelli, lei sa quale sia, la polizia sembra ansiosa di vederli."

Rientrò e si sedette; poi disse: "Thomas non ci impiegherà molto, c'è altro?"

"Conosce Chantry Woods?" Chiesi.

"Certo che lo conosco. E' a circa tre chilometri, forse tre e mezzo, da qui. Perché me lo chiede?

"E' mai stato lì?" Chiese Bates, ignorando la domanda di Walker.

"Sì, spesso vado lì, ci porto il cane due o tre volte a settimana. Perché?"

"Perché è lì che la signorina Susan Brady è stata assassinata." Risposi.

Walker irato rispose: "E pensate che io abbia qualcosa a che fare con questo?"

"Lei aveva un movente; il ricatto è sempre un buon motivo per eliminare qualcuno." Dissi.

"A questo stadio delle indagini non penso proprio nulla." Disse Bates intervenendo nella discussione proseguì dicendo: "Al momento sto solo facendo delle domande, quindi la prego di voler solo rispondere."

Ok, questo era il punto di vista di Frank, la posizione ufficiale, ma io la pensavo diversamente; per me Walker era il sospettato numero uno ed inoltre, ero certo della sua colpevolezza. Devo ammettere che non c'erano abbastanza prove, ma tutto cominciava a combaciare e tutto sembrava convergere verso di lui.

In quel momento la porta si aprì e Thomas fece il suo ingresso nella sala portando una scatola di pelle nera. La consegnò a Walker che l'aprì e cominciò a cercare. Dopo qualche minuto guardò verso Bates, la faccia pallida, madida di sudore.

"Che succede, Signor Walker?" Chiese Bates.

Walker tornò a guardare nella scatola e scosse la testa dicendo: "non capisco."

"Che cosa non capisce?" Chiese Bates.

Walker scosse la testa ancora una volta e guardò Thomas. "C'è solo un gemello qui, come può essere?"

Thomas scosse la testa e rispose: "Vado a vedere al piano di sopra, signore. Potrebbe essere caduto dietro l'armadio o chissà dove". Lasciò la stanza.

"Giusto, potrebbe essere caduto, sono cose che succedono." Dissi.

Qualche minuto dopo Thomas tornò scuotendo la testa e disse: "Temo di non trovarlo signore."

"Forse lo avete perso da qualche parte." Suggerì Bates.

"Forse a Chantry Woods." Aggiunsi io.

Bates diresse verso di me un'occhiata tagliente e si alzò dicendo: "Non la tratterrò a lungo, grazie per il suo aiuto."

Mi alzai e guardai Bates chiedendomi esattamente Walker che tipo di aiuto ci avesse dato.

Walker si alzò e disse: "Mi spiace di non poter essere di maggiore aiuto. Thomas vi accompagnerà alla porta."

* * *

"Frank, sono convinto che Walker abbia ucciso la donna." Dissi mentre ci dirigevamo alle nostre auto.

Bates annuì e rispose: "Concordo, ma dobbiamo provarlo. Aveva ovviamente un buon motivo per ucciderla."

“E l’opportunità.” Aggiunsi. “Il gemello lo colloca definitivamente sulla scena del crimine, di che altro ha bisogno per provarlo?

Bates scosse la testa e disse: “Ho capito cosa intende, ma chiunque potrebbe aver perso un gemello lì.”

Sorrisi e dissi: “Cosa intende? Non penserà mica che siano stati la Signora Walker o Thomas?”

“No, non è esattamente quello che intendevo, anche se penso sia possibile” Rispose Bates. “No, ciò che intendevo è che esistono centinaia di uomini che hanno gli stessi gemelli.”

Annuii e dissi: “Sono certo che lei abbia assolutamente ragione, ma non tutti gli uomini che possiedono quei gemelli sono stati ricattati da una donna uccisa.”

* * *

Capitolo Undici
La morte di Denis Walker

Non riuscivo a capire per quale motivo Bates avesse lasciato Walker libero. Per me era ovvio, ero certo che fosse colpevole. Aveva un movente, l'opportunità e per quanto ne sapessi, quel gemello lo poneva direttamente sulla scena del crimine. Non capivo di quale ulteriore prova necessitasse Bates. Ok, Ok erano tutte prove circostanziali e mancavano prove reali, potevo accettarlo, ma per me c'era più di una prova che lo coinvolgesse e che lo avrebbe dovuto condurre alla stazione di polizia per un vero e proprio interrogatorio.

Se solo la squadra della scientifica avesse rinvenuto qualche altra prova sulla scena del crimine; doveva per forza esserci qualcos'altro: impronte, impronte di pneumatici, fibre o qualsiasi altra cosa. Sarebbe stato perfetto se avessero trovato l'arma del delitto.

Avevo immaginato Walker che se ne disfaceva, non sono uno vendicativo, ma in questo caso avrei potuto fare un'eccezione. Non era una brava persona; voglio dire tradire tua moglie in quel modo e poiché era ricco, molto ricco, forse l'avrebbe fatta franca anche sul delitto. Ok, anche il ricatto non è annoverato fra le nobili cause, ma comunque la Signorina Brady non meritava di morire.

Improvvisamente suonò il telefono, era Bates: "Salve Frank, pensavo a lei, come va?" Chiesi.

"Abbiamo appena ricevuto una telefonata da Thomas" Disse.

"Thomas" Ripetetti: "Intende il maggiordomo di Walker? Quel Thomas?"

"Denis Walker è morto, assassinato un paio di ore fa, pensiamo."

"Cosa? Ripeta!" Dissi agitato.

"Ho appena detto che Denis Walker è stato ucciso, Thomas ha appena trovato il suo corpo vicino il garage, è stato pugnalato a morte." Disse.

"Come l'altro omicidio." Dissi.

"Sì, come la Signorina Brady e io credo che sia stato ucciso con lo stesso coltello." Confermò Bates.

"Deve essere stato il ricattatore." Mormorai.

"Cosa?" Chiese Bates.

"Pensavo che potesse essere il complice della Brady" Suggerii.

"Perché avrebbe dovuto ucciderlo?" Chiese Bates. "Non ha senso per me. Perché uccidere la tua fonte di guadagno?"

Riflettei per qualche momento.

"Mi dica Daniels, perché?"

"Un secondo." Risposi. "Mi lasci pensare". Riflettei ancora per qualche momento. "Ok penso sia andata così. Diciamo che Walker avesse visto l'uomo e lo avesse riconosciuto: Walker andava messo a tacere."

"Non sono convinto." Rispose Bates. "Inoltre avevo capito che secondo lei dopo la morte della Brady non esistesse più un ricattatore. Credevo che avesse detto che Walker non l'avesse più contattata e che non ne sembrasse infastidito."

"Forse sbagliavo." Risposi. "Forse Brady aveva un complice che sarà diventato avido e avrà deciso che non aveva più bisogno di lei, quindi la fa fuori, manipola le prove per gettare sospetti su Walker… vado bene così?

"Sì, penso di sì" rispose Bates non convinto però della mia versione. "E' possibile."

"Poi ha pensato di continuare con il ricatto, si volta per prendere il denaro e Walker lo vede, non doveva accadere assolutamente, ma accade e quindi Walker deve essere eliminato. Che ne pensa? Per me ha senso."

"Immagino che possa essere andata così." Bates riluttante, condordò.

"Ma non sappiamo ancora chi fosse il ragazzo, o sbaglio?"

* * *

La Signora Amanda Walker e Thomas aspettavano il nostro arrivo, era chiaro che lei avesse pianto. Certo era un pidocchio, un rifiuto sociale, ma era pur sempre suo marito e non meritava di essere ucciso. Le andai incontro tendendole la mano. Lei mi guardò, prese la mia mano e abbozzò un sorriso. "Oh Signor Daniels, non posso crederci, non riesco proprio a credere che sia morto."

Non potevo ma dovevo ammettere che fino a poche ore prima Walker era il mio sospettato numero uno, ma non meritava certo di morire.

"E' lì." Thomas disse indicando i garage.

Guardai verso il luogo indicato; la squadra della scientifica era impegnata a passare al vaglio tutto ciò che trovava. Il Detective Bates si diresse verso di loro e si unì alla squadra. Lo seguii.

"Cosa abbiamo?" Chiese Bates.

"E' stato accoltellato quattro volte." Disse un poliziotto. "Una alla spalla sinistra e tre volte alla schiena, il killer voleva essere certo che morisse."

Bates fece un respiro profondo e annuì "Che mi dite dell'ora della morte?" Chiese.

"Il Dottore ha stabilito l'ora della morte fra le undici e l'una." Disse l'ufficiale.

Bates si guardò intorno. "Sappiamo perché fosse quì?" Chiese.

"Penso che dovesse incontrare qualcuno, magari il ricattatore per fargli un ulteriore pagamento."

“Probabile.” Rispose Bates alzando le spalle. “Pensavo che lei fosse stato ingaggiato per sorvegliarlo, il ricattatore, intendo.”

Bates aveva assolutamente ragione, concordavo con lui, ma supponevo che Walker mi avrebbe avvisato di qualsiasi contatto avesse ricevuto e non mi aveva contattato.

“Che cosa strana, il nostro accordo era che mi avrebbe chiamato se avesse avuto qualche ulteriore contatto dal ricattatore e non avevo avuto nessuna notizia di alcun accordo.”

“Forse ha deciso di agire da solo.” Suggerì Bates.

“Forse.” Dissi e mi girai a guardare la casa dove Thomas e la Signora Walker erano ancora sulla porta. Bates ed io rientrammo.

* * *

“Ho qualche domanda da fare.” Disse Bates e poi proseguì dicendo: “Possiamo rientrare?”

“Certamente.” La signora Walker rispose mentre rientrava in casa. Thomas era davanti, si mise di lato a tenere la porta d’ingresso per farci passare.

“Andiamo in salotto, posso offrirvi del tè?”

Capii che non avrei potuto ottenere di più e quindi accettai, “Latte e un cucchiaino di zucchero.”

“E lei Signor Bates?” disse la Signora Walker.

“Nulla per me.” Bates disse, ma era troppo tardi, Thomas aveva già lasciato la stanza.

“Accomodatevi signori, Thomas tornerà a breve.”

Guardai Bates che annuì semplicemente.

“Signora Walker, so che questo non deve essere un buon momento, ma ho bisogno che lei risponda a qualche domanda.” Disse.

La donna alzò la mano e la portò al volto facendola scivolare sul collo e disse: "Se posso essere d'aiuto a trovare il killer di Denis."

Mi chiesi quanto ne sapesse di tutta la faccenda. Sapevo che sapeva del ricatto, ma sapeva il perché, il vero motivo, sapeva del tradimento del marito? Del Carlton e della Signorina Flanklin? Pensai che non lo avrei mai saputo se non avessi chiesto.

"Lei sa che suo marito era ricattato, ma sa il motivo?" Chiesi.

Mi guardò e fece un respiro profondo. Scosse la testa e disse: "Sì, sapevo del ricatto, ma non so per quale motivo fosse ricattato, non mi ha mai detto il vero motivo."

"Si è fatta un'idea a riguardo?" Chiese Bates.

Scosse la testa e fece di nuovo un respiro profondo, poi disse: "Non ne sono certa, sembrava preoccupato, avevo avuto l'impressione che ci fosse qualcosa che lo preoccupasse, forse a lavoro, ma non so dire con certezza."

"Non le disse nulla a riguardo?" Chiese Bates.

"Non non mi disse mai nulla a riguardo, lui era così. Mi disse che non aveva nulla, che non era preoccupato e che se ne sarebbe occupato." Fece una pausa e una lacrima solcò il suo volto. "Ora non c'è più, come farò senza di lui?"

Infatti, mi chiesi come avrebbe potuto fare con solo due miliardi a sua disposizione, se la sarebbe cavata? Poi per una frazione di millisecondo mi chiesi come avrebbe fatto la Signorina Franklin. Ovviamente, ancora non sapeva nemmeno che lui fosse morto. Ma pensai anche: a chi importa? Presumibilmente negli otto mesi in cui era stato con lei, questa aveva provveduto a mettersi da parte un gruzzoletto.

La Signora Walker ci guardò e disse: "Voleva sempre proteggermi, voleva proteggermi dal male. Questo diceva sempre."

* * *

Capitolo Dodici
Qualche domanda

Bates mi guardò, era chiaramente impressionato quanto me. Quasi non ebbi il coraggio di alzare lo sguardo. Tornò a girarsi verso la Signora Walker e disse: "Chi ha trovato suo marito?"

"L'ha trovato Thomas." Rispose. "Denis era andato in garage verso le dieci, dieci e trenta circa, non ci ho fatto caso."

"Perché?" Chiesi.

"Perché non c'era niente di strano, spesso andava a controllare i suoi giocattoli."

"Giocattoli. Che giocattoli?" Domandai.

"Oh, lui ha una, due macchine d'epoca, sono molto costose, non le guida mai, ma le lucida di continuo, o cose del genere. Io non le ho mai calcolate e le avrei vendute molto tempo fa." Disse.

Non chiedermi perché, ma la faccenda mi scosse alquanto, non so se mi spiego, c'era qualcosa che non mi convinceva, non tanto per ciò che aveva detto, ma per come lo aveva detto. *Ovviamente ora Signora Walker lei è libera di venderle, di disporre del denaro di suo marito come vuole, ma prima ha un funerale.*

"Ha detto perché andava in garage?" Domandai.

"Forse sì, non ne sono sicura e non ricordo." Fece una pausa e passò la mano su un'altra lacrima che le era scesa sul volto e poi disse: "Ma poiché era sceso da tanto… penso che il motivo fosse quello."

Pensai che avesse senso, almeno un minimo.

"Ok, quindi Thomas andando fuori in garage lo ha trovato. Sa per quale motivo fosse uscito?" Disse Bates.

La Signora Walker scosse la testa e disse: “Non lo so, non ero lì.”

“Ma pensavo…” Iniziò Bates.

“Poco dopo che Denis uscì, io andai nella mi camera a causa di uno dei miei mal di testa.”

Improvvisamente la porta si aprì e Thomas tornò con il Tè, posizionò il vassoio sul lato del tavolo “Posso fare altro?” Chiese.

La Signora Walker lo guardò e poi guardò Bates e disse: “Credo che questi signori vogliano farle qualche domanda.”

Bates sorrise ed alzò le mani e disse: “Sì, poi la lasceremo andare, se per lei va bene Thomas, avrei qualche domanda.” Lui guardò la Signora Walker e lei annuì “Per prima cosa lei ha idea del perché il Signor Walker fosse andato in garage?”

Thomas annuì e disse: “certo signore, ha detto che doveva prendere qualcosa da una delle macchine.”

“Non ha mai fatto cenno di dover vedere qualcuno?” Chiesi.

Thomas scosse la testa. “Non aggiunse altro, solo che aveva bisogno di qualcosa.”

Strano, pensai c’era qualcosa di decisamente strano. “Ha detto solo che sarebbe andato a prendere qualcosa in auto e non aggiunse altro.”

“Corretto signore.” Rispose Thomas.

“E non ha cosa.” Chiese Bates.

Thomas scosse la testa. “No signore, non mi ha detto altro, solo che aveva bisogno di qualcosa e che andava a prenderlo.”

“Thomas, perché non le ha chiesto di andare a prenderlo per lui. Sarebbe stato abbastanza naturale, no?”

Thomas annuì “Sì, lo sarebbe stato e a dire il vero glielo ho proposto ma ha insistito che voleva andare lui.”

"Forse era un qualcosa che non voleva sapesse Thomas." Suggerì la Signora Walker.

Forse, pensai, ma non credo che fosse così. "Tipo?"

La Signora Walker scosse la testa "Non ne ho idea, era solo un pensiero."

Solo un pensiero, oh immagino…

"E quindi Thomas cosa l'ha spinta ad andare fuori in garage?" Chiesi.

Thomas sembrò disorientato. Mi guardò come se venissi da un altro pianeta. "Perché? Perché pensavo che ci fosse qualcosa di strano, ecco perchè."

"Qualcosa di strano, tipo?" Disse Bates.

Thomas fece un respiro profondo e disse: "Il Signor Walker era andato al garage da diverse ore e mi aspettavo che sarebbe rimasto fuori per poco forse mezz'ora, ma non di più. Invece era lì da due ore, ho pensato che fosse caduto o che avesse avuto un infarto o qualcosa del genere."

Succede, pensai. Non sai mai quando, ma queste cose accadono quando meno te lo aspetti.

"Aveva il cuore malandato?" Chiesi alla Signora Walker.

Lei scosse la testa e disse: "No, era in perfetta salute, aveva fatto un checkup completo circa due settimane fa."

Ok, questo chiudeva la questione salute.

"Ok, quindi lei è andato al garage e poi? Cosa è successo?" Chiese Bates.

Thomas rispose: "Non c'è molto da dire, era lì steso appena dentro il garage. C'era un sacco di sangue ed era morto."

"Ha visto qualcuno o sentito qualcosa?" Chiesi.

Thomas si limitò a risponedere un semplice "No."

Mi ero smarrito, Thomas aveva detto che Walker era uscito per andare a prendere qualcosa in macchina. Avrebbe dovuto metterci poco, non più di trenta minuti. Ma la Signora Walker aveva dato l'impressione che fosse andato al garage per un motivo totalmente differente, come se fosse giustificata un'assenza prolungata. Durante tutto quel tempo lei era sdraiata sul letto con il mal di testa.

"Sa Signora Walker, in realtà io non credo che suo marito sia andato fuori per andare a vedere le sue macchine o per andare a prendere qualcosa nella sua auto, penso sia andato per una ragione totalmente differente." Dissi.

Quindi lei mi chiese: "E perché allora?"

La guardai scuotendo le spalle e dissi: "Penso che suo marito dovesse incontrare qualcuno, il suo ricattatore, per essere più precisi, e credo sia stato quest'ultimo ad ucciderlo."

"Ma perché ucciderlo?" Chiese la Signora Walker.

Buona domanda, pensai. "Non ne sono del tutto sicuro. Forse riuscirò a trovare qualche risposta alle mie domande facendo un giro di fuori." Mi alzai e dissi: "E' stata di grande aiuto."

"Vengo con lei." Disse Bates alzandosi e lasciando il suo Tè intatto. Guardò la Signora Walker: "Grazie per il suo aiuto, forse avrò bisogno di parlare con lei ancora, ma al momento abbiamo finito. Andiamo fuori un attimo."

* * *

Eravamo a oltre quarantacinque metri dalla casa quando realizzai che Thomas ci aveva seguito.

"Scusatemi signori." Disse, mentre ci raggiungeva. Ci fermammo e ci girammo mentre lui proseguiva: "Non ho voluto dire nulla dentro." Nel mentre si girò verso la casa e proseguì: "Non davanti alla Signora Walker."

"Cosa vuole aggiungere Thomas?" Chiese Bates.

Thomas fece un gran respiro e disse: "Forse non è importante, ma circa quaranta minuti prima di uscire per andare in garage, il Signor Walker ricevette una telefonata."

"Vada avanti." Disse Bates.

"Era una donna."

"una donna. Che donna?" Chiesi.

"Ha riconosciuto la voce?" Domandò Bates.

Thomas scosse la testa: "No Signore, penso fosse deliberatamente contraffatta."

"Cosa intende?" Domandò Bates.

"Non posso dirvi altro, solo che era una donna." Rispose Thomas, poi si girò e corse di nuovo verso casa.

* * *

Capitolo Tredici

Ritorno al via

“Trovato altro?” Chiese Bates tornando al garage.

“Qualche impronta” rispose il poliziotto. “Di una donna. E’ quì.” Proseguì indicando qualche metro dopo. “Purtroppo nulla di significativo. E’ stato colpito alla spalla sinistra mentre entrava nel garage. Poi, sorpreso sul lato destro, dove ha ricevuto altre tre pugnalate alla schiena. Chiunque sia stato, lo stava aspettando e chiunque fosse, lo voleva morto, assolutamente.”

“Un’impronta di donna.” Mormorai e guardai Bates. “Potrebbe essere la stessa donna di cui parlava Thomas?”

“Si potrebbe.” Rispose Bates. “Ma non sappiamo ancora chi sia, giusto?”

Mestamente dovevo dargli ragione.

Bates guardò verso l’ufficiale di polizia e disse: “E’ stato colpito da dietro, hai detto.” Il poliziotto annuì. “Quindi non ha mai visto in faccia il killer.”

“Credo di sì.” Disse il poliziotto.

“Bates mi guardò e proseguì: “Quindi l’idea che sia stato messo a tacere perché avesse riconosciuto il killer, qui non calza, no?”

Annuìi.

Bates entrò in garage e accese la luce, poi girandosi verso il poliziotto domandò: “Hai spento tu la luce?”

Il poliziotto scosse la testa e rispose: “Era già spenta.”

Bates annuì ma non disse nulla.

Si girò e disse: “Bene, devo scrivere il rapporto.” Poi guardando il poliziotto proseguì: “Ho bisogno del suo rapporto completo e del rapporto del medico legale il prima possibile.

Il poliziotto scosse le spalle e sorrise.

Bates si girò, mi guardò e disse: “Io avrei concluso, andiamo?”

Cominciammo a camminare verso la casa e io commentai: “Sa, non sono per nulla convinto di questo così detto ricattatore.”

Bates rispose: “Che intende dire? Se solo poco fa affermava che fosse il killer, ora mi dice il contrario?”

Scossi la testa e dissi, cercando di non risultare vago: “non sono del tutto certo, ma c’è qualcosa che non mi quadra e che stiamo sottovalutando. Mi correggo, sto sottovalutando.”

“Parli, avanti. Se sa qualcosa, la dica e se non mi piace la farò tacere.

Feci un respiro profondo e mi chiesi se Bates non avesse potuto essere più educato. “Inizio a credere che non ci sia mai stato un ricattatore, o almeno non nel senso comune del termine.”

Bates scosse la testa e disse: “Ma la Brady non lo stava ricattando? Non le ha fornito lei le informazioni da utilizzare?”

Sorrisi, annuii e risposi: “sì, sono stato io a dirlo: ma cosa sappiamo effettivamente della Brady? Secondo i database non esiste.”

Bates annuii e replicò: “E’ vero, siamo risaliti a questo nome solo per la busta trovata sul corpo.”

Quindi sentenziai: “Mi dica per quale motivo una persona avrebbe dovuto avere con se un nome che non significa nulla per lei? Voglio dire non può essere il suo vero nome, altrimenti ci sarebbe stato un rapporto a riguardo.”

Bates non sembrava completamente convinto e concordò: “Forse ha ragione e quindi?”

"Chiunque l'abbia uccisa, ha deliberatamente rimosso ogni indizio identificativo, lasciando appositamente la busta nella borsa."

"Per conforderci." Suggerì Bates.

"Sì, per confonderci, ma anche per rallentarci all'inizio delle indagini, intendo dire che senza una vera e propria identificazione della vittima, all'inizio abbiamo trovato difficoltà nel muoverci."

"Sì, capisco, ma qualunque sia il suo nome, non cambia il fatto che abbia ricattato Walker." Aggiunse Bates.

"Ok, concordo, ma ho ancora dubbi sull'intera questione del ricatto." Feci una pausa e poi proseguii: "Escludo però la possibilità di un secondo ricattatore, di un complice."

Quindi Bates mi domandò: "Perché no?"

"Per due ragioni principali e una è che Walker mi avrebbe dovuto informare di eventuali contatti e non mi ha mai contattato in merito."

"Forse ha deciso di trattare lui stesso e di pagare il ricattatore." Suggerì Bates.

"Forse, ma non penso." Dissi scuotendo la testa. "Sa che ho visto Walker l'altro ieri al Carlton, era in compagnia della sua amichetta."

"La signorina Franklin?" Disse Bates.

"Sì lei, era uno schianto, ben vestita se ne andavano a braccetto per ogni negozio gli fosse capitato a tiro."

"Quindi non sembrava fosse per niente preoccupato di essere visto." Suggerì Bates.

"Esattamente l'impressione che ho avuto!" Esclamai. "Non era per niente preoccupato. Sono convinto che non ci sia un secondo ricattatore."

"Quindi siamo al punto di partenza ancora una volta." Disse Bates

"Direi anche più indietro del punto di partenza." Replicai.

“Non capisco.” Continuò Bates.

“Si perché ora abbiamo due casi da risolvere; non solo non sappiamo chi abbia ucciso la Brady o come diavolo si chiami; non abbiamo un colpevole nemmeno per l’omicidio di Walker.” Spiegai.

“Corretto.” Sospirò Bates.

“L’unica nota positiva è che credo che entrambi siano stati uccisi dalla stessa persona.” Commentai.

Bates annuì. “Ok, ma allora chi è stato?”

“Oh beh, ci sto lavorando ancora.” Risposi.

“Pensa a qualcuno in particolare?” rispose Bates.

La prossima parte della mia teoria è un po’ più complicata. “Ho una domanda da porre.” Dissi. “Se Walker non ha ucciso la Brady, allora chi può averlo fatto? Chi altro avrebbe potuto avere un motivo valido e chi altro sarebbe stato in grado di architettare tutto il delitto montando le prove ad arte?”

Bates si mise a pensare per qualche istante. “Non posso credere che stia pensando alla Signora Walker.”Rispose scuotendo la testa. “Voglio dire che motivo avrebbe potuto avere, non riesco proprio a capire.”

Dovevo ammettere che era abbastanza improbabile e molto fantasiosa come ipotesi. Ma qualcuno aveva messo lì il gemello da camicia; più ci pensavo e meno ero convinto; comunque mi mancavano le prove e Bates aveva ragione, quale avrebbe potuto essere il motivo di Amanda Walker per eliminare suo marito?

Forse Bob Chandler poteva avere qualcosa da aggiungere, qualcosa di decisivo, magari il pezzo mancante del puzzle.

* * *

Capitolo Quattordici
Bob Chandler

Quindi a che punto eravamo giunti? Ah sì, Denis Walker era stato ucciso. Il primo sospettato per l'omicidio della Brady era stato lui, ma anche lui, Walker era stato ucciso. A questo punto avevamo due vittime e nessun colpevole, a parte la donna sconosciuta che aveva chiamato Walker. Mi chiesi se la donna misteriosa fosse la Signorina Terri Franklin, ma non era verosimile. Chiaramente Walker le aveva detto di non chiamarlo mai a casa. Quindi chi era la donna al telefono?

Questo caso stava diventando sempre più imprevedibile e sempre più criptico: avevamo un ricattatore che forse non era un ricattatore, un sospettato d'omicidio ucciso. Niente era come sembrava e io mi ritrovavo al buio come all'inizio dell'indagine.

* * *

Il Jerry's Bar era abbastanza pieno quando arrivai, subito dopo le sette. Avevo pensato di andare al Club 51 più tardi così quando Jerry mi disse di farmi trovare li fra le sette e le otto, mi sembrò perfetto. "Sarò lì." Dissi e agganciai.

Jerry mi vide entrare e fece un cenno con la testa verso un angolo del bancone, lo indicò e annuì; io risposi con un cenno e andai verso il tavolo. "Il Signor Chandler?" Chiesi.

L'uomo mi guardò e annuì dicendo: "Bob Andrà benissimo. Prego si sieda" e indicò una sedia. Poi guardò all'indirizzo di Jerry, alzò la mano e fece un gesto circolare e l'altro annuì.

Mi sedetti e dissi: "Quindi Signor Clandler, Bob, so che lei era quì qualche mese fa, a questo tavolo e dietro di me c'erano due donne che parlavano." E indicai la panca dietro di me.

Chandler assentì e disse: “ La donna uccisa e la sua amica.”

“Sì, lei.” Risposi.

“E a lei che importa?” Chiese “E soprattutto, che ci guadagno io?”

Sorrisi e pensai che ci deve essere sempre una ragione, un pungolo; nessuno fa niente per niente, mai. Ci deve essere sempre uno scambio e il Signor Chandler non era certo differente dalle altre centinaia di uomini. A dire il vero, forse non potevo biasimarlo del tutto, in fin dei conti è così che gira il mondo.

In quel momento Jerry arrivò con i nostri drink e disse: “Offerti dalla casa.” Lo ringraziai e lui se ne tornò al bar; presi il drink e dissi: “Immagino che Jerry le abbia accennato che sono un detective privato.”

Chandler annuì e prese il suo drink.

Spiegai: “Negli ultimi due giorni ci sono stati due omicidi: la donna del giornale, quella che era qui seduta è stato il primo omicidio.” Feci una pausa e bevvi un sorso di drink, poi proseguii: “Il secondo ad essere ucciso è stato il marito dell’altra donna.” Feci ancora una pausa ma Chandler non disse nulla. “Pensiamo che i due omicidi siano connessi e perpetrati dalla stessa persona.”

“Ok, ho capito.” Chandler rispose e poi svuotò il bicchiere e mi domandò: “Ma perché me lo chiede lei e non i poliziotti.”

Annuì e guardò verso Jerry e fece il gesto di prima, ordinando un altro giro di drink. “E’ facile” risposi e proseguii “La donna uccisa era mia cliente e stava ricattando l’uomo ucciso.”

Jerry arrivò con i drink e disse: “Spero vi stiate trovando bene e che sia tutto ok.” Sorrise, si girò e se ne andò.

Guardai verso Bob, sorrisi e dissi: “Certo, tutto bene, vero Bob?”

"Sto ancora aspettando di sapere cosa ci guadagno io." Rispose.

Pensai che in realtà non sapevo ancora se ci sarebbe stato un ritorno per lui e dissi: "Potrebbe esserci una piccola ricompensa se grazie alla sua informazione si dovesse arrivare ad un colpevole e ovviamente sarebbe un crimine non fornire informazioni rilevanti."

Bob iniziò a strofinarsi il mento, soppesando le opzioni possibili.

"Ok, bando alle ciance, arriviamo al punto." Dissi. "Cosa mi puoi dire?"

"Quindi c'è la possibilità che io abbia una ricompensa?" Chiese.

Iniziai a ridere e dissi: "oh non so, da lievi a nulle, ma se mi da qualche informazione, avrà fatto il suo dovere di buon cittadino. Andiamo avanti."

Scosse la testa e disse: "Non c'è poi molto da dire; ero seduto qui e mi stavo facendo gli affari miei, stavo consultando i risultati delle corse. Avevo una vittoria certa alle cinque **al Hylands e un bel quattro a uno su Lady Grey**. Le due donne erano sedute lì dietro a dove si trova lei ora e parlavano."

"Sa di cosa stessero parlando?" Domandai.

Scosse la testa e sorrise "All'inizio solo un sacco di stupidaggini, dei vecchi tempi: ricordi di questo o di quello e di come un tale avvenimento piuttosto che un altro fosse avvenuto."

"Quindi erano vecchie amiche" Azzardai.

Bob rispose: "Sì, credo. All'inizio, parlavano di quando andavano a scuola insieme, nella parte settentrionale, in un posto che si chiama Richmond" Fece una pausa e bevve un sorso di drink. "Poi hanno incominciato a parlare di cose differenti, sembrava che una delle due, quella uccisa, fosse appena uscita di prigione."

"Di prigione." Ripetei. "Sa perché fosse dentro?"

Scosse la testa e proseguì: "No, ma certamente era a corto di denaro e l'altra disse qualcosa a proposito di un aiuto che avrebbe potuto darle." Fece una pausa e scosse di nuovo la testa: "Non so come."

Così chiesi: "E' riuscito a sapere il suo nome?"

Chandler assentì e disse: "Sì, ho sentito il suo nome. Era Bradley, Susan Bradley."

"E' sicuro che fosse Bradley e non Brady?"

"No, era Bradely." Ripeté.

"Che altro?" Domandai.

"Iniziarono a parlare di mariti, beh, a dire il vero l'altra donna lo fece." Continuò: "Sembrava che suo marito la stesse tradendo e lei volesse dargli una lezione."

"Disse esattamente queste parole?"

"Sì, proprio così." Rispose. "Poi l'altra disse qualcosa a proposito di ricattarlo con assoluta imperturbabilità."

"Disse veramente di ricattarlo?"

"Sì, certamente." Rispose Chandler.

"E l'altra cosa disse? Era d'accordo con l'idea?"

"Vai avanti così!" Chandler disse e iniziò a ridere, poi commentò: "L'incoraggiò attivamente."

Scossi la testa e feci un sospiro, poi chiesi incuriosito: "Possibile che non le sia mai venuto in mente di dirlo alla polizia?"

Chandler scosse le spalle e mi rispose: "Ei, in quel momento non pensavo potessero essere serie; stavano solo parlando, ridendo e scherzando e quando ho sentito dell'omicidio, beh io e la polizia non siamo, per così dire, simpatizzanti capisce cosa intendo?"

Sapevo cosa intendesse e quindi domandai: "Allora perché lo racconta a me?"

Chandler si sfregò il collo e prese un sorso di drink, guardò verso il bar "Jerry mi ha detto che lei è suo amico, che avrei potuto fidarmi." Fece una pausa e guardò dietro di me, poi proseguì: "Mi ha anche detto che poteva esserci qualcosa per me."

Sorrisi e gli risposi: "Potrebbe esserci una piccolo, ricompensa ma non posso garantirle nulla." Presi il mio bicchiere e bevvi il rimasuglio di scotch che era rimasto. Mi alzai e dissi: "E' stato di grande aiuto, Signor Chandler…"

"Bob, le ho detto."

"Sì, è vero, Bob. Ad ogni modo, che risultato ha ottenuto Lady Grey?"

Iniziò a ridere e disse: "Sette su dodici."

Sorrisi e pensai che fosse sempre la stessa storia, i Bob Chandlers di questo mondo sono sempre sfortunati, ma speravo che questa volta fosse stato diverso e che avesse avuto un piccolo colpo di fortuna.

"Ci vediamo." Feci un cenno a Jerry e andai verso l'uscita.

* * *

Capitolo Quindici

Che dispiacere.

Almeno stavo giungendo a qualche risposta, e non avevo più domande, la questione si stava facendo meno nebulosa e, pensai, che fosse ora. Sai, a volte le cose sembrano così irreali che anche quando sai che invece sono reali, le metti in dubbio. A volte, invece, sono così fantasiose che scuoti la testa e le metti in dubbio pensando *Naah, non può essere*. O *no, non me l'aspettavo*. Hai mai fatto caso a quanto le cose non siano mai come sembrano? Beh qui l'esempio calzava proprio; sin dall'inizio sono caduto in trappola e lo avresti fatto stato anche tu, te lo garantisco e non me ne pento, penso che chiunque sarebbe stato ingannato, l'intero piano era stato studiato alla perfezione.

Avrei dovuto prevederlo? Forse col senno di poi, ma dubito. Siamo sempre saggi a posteriori, sai come dice il detto? Inutile chiudere la stalla quando i buoi sono fuggiti. La vita ti tira sempre dei brutti scherzi, una palla curva, quando meno te lo aspetti. Nella vita vediamo solo ciò che ci aspettiamo di vedere e invece ci attende una gran sorpresa.

* * *

Negli ultimi dieci minuti sono stato al telefono con Bates e gli ho raccontato del mio incontro al Jerry's Bar e della mia conversazione con un tale Signor Chandler.

"La Signora Walker e quella donna, Susan, sono state tre o quattro mesi fa al Jerry's Bar. Questo uomo, Bob era seduto sulla panca dietro di loro e le ha sentite parlare. Non le ha sentite nitidamente, ma aveva sentito un bel po' di cose."

"Vada avanti, l'ascolto." Disse Bates.

Dissi: "Bene, prima di tutto Susan Brady in realtà si chiamava Susan Bradley e quindi non sono sorpreso che lei non abbia trovato nulla negli archivi."

"Vedrò se spunta qualcosa, vada avanti."

"Beh è abbastanza chiaro che Amanda Walker avesse pianificato tutto sin dall'inizio. Non penso che volesse realmente il divorzio. La questione divorzio era soltanto secondaria, la scusa di base a tutto il piano. Sapeva che Walker non avrebbe mai accettato la prima soluzione e quindi decise di sbarazzarsene in un altro modo."

"Intende uccidendolo?" Suggerì Bates.

"Precisamente," risposi, "Decise di riaccendere la sua amicizia con la Bradley appena uscita di prigione per l'ennesima volta; quindi si incontrano al Jerry's Bar."

"Erano amiche? Chiese Bates.

"Andavano a scuola insieme a Richmond" risposi e proseguii: "Amanda Jackson, questo era il nome della Walker prima del matrimonio e la Bradley erano grandi amiche e rimasero in contatto anche in seguito, fin quando la Bradley non finì in prigione per la prima volta. Amanda aveva solo quindici anni quando incontrò la Bradley, era il 1982." Feci una pausa "Credo che Amanda fosse più il tipo di donna che sposa un uomo ricco, mentre l'altra, Susan fosse più il tipo da gattabuia."

"Sa perchè fosse finita in prigione?" mi domandò Bates.

Dovetti ammettere che quell'informazione non ero riuscito ad ottenerla "Non so ma credo che il ricatto fosse una buona possibilità" risposi. "Ad ogni modo, parlarono del più e del meno, quella sera al Jerry's Bar, dei vecchi tempi e poi non so come arrivarono a parlare del marito, il marito di Amanda, per dirla tutta. Amanda si lasciò sfuggire che il marito la tradiva e gradualmente mise al corrente la Bradley del suo piano per dare una lezione a Walker. La Bradley aveva bisogno di denaro e suggerì di ricattarlo. Si misero d'accordo e Amanda la mise a parte degli incontri al Carlton e delle scappatelle di Walker con la Signorina Terri Franklin. Sistemato il ricatto, avevano bisogno di prove, foto, date, insomma di tutti quei dettagli e qui entrai in gioco io, mio malgrado."

"Voglio essere diretto." Disse Bates. "Questa storia del ricatto è stata tutta ideata dalla Bradley, vero?"

Esitai un momento, poi proseguii "Secondo Chandler il piano uscì su suo suggerimento, ma la Walker lo approvò a pieno. Era un'idea brillante e lei pensò che fosse essenziale che la gente credesse che Walker fosse ricattato. E' stato facile, soprattutto se a ricattare è uno sconosciuto e lei, la moglie non era direttamente coinvolta. Io le fornii tutte le prove necessarie."

"Ma la Bradley è stata fatta fuori" disse Bates. "Perché?"

Annuii. "Sappiamo perché la Bradley dovesse essere eliminata; una volta asservito il suo scopo, doveva essere eliminata e la prova posizionata in maniera che Walker sembrasse l'assassino."

Bates scosse la testa. "Ha rischiato parecchio, no?"

"Non del tutto. Io ero convinto che Walker avesse ucciso la Bradley e non avevo dubbi al riguardo. Mi sembrava ovvio che lei lo stesse ricattando, che fosse diventata avida e che lo avesse ucciso. Poi le prove hanno cominciato a saltare fuori. La scena del crimine che si è collocata in quella foresta vicino casa, il gemello, la scarpa mancante. Tutto mi faceva pensare che lui fosse colpevole. Ricorda le nostre conversazioni?"

"Sì, me lo ricordo, lei ne era convinto." Mi rispose Bates.

"Sa che la Signora Walker venne da me chiedendomi a che punto fossero le indagini? E' chiaro che tutto ciò che voleva era sapere se fosse sospettata. Ovviamente al momento non lo era, era pulita."

"Ma perché tutte queste storie? Voglio dire, quelle prove non erano abbastanza schiaccianti da convincere nessuno." Domandò Bates.

"A lei non importava che fossero convincenti o meno, a lei bastava che rafforzassero l'idea del ricatto, per mantenere in piedi la pantomima, così che, se Walker fosse stato ucciso, i sospetti sarebbero ricaduti sul ricattatore ancora una volta." Spiegai.

"Sì, ma perché l'ha ucciso?" Questionò Bates.

"La sua intenzione principale era uccidere il marito dall'inizio, sin dal primo istante. Doveva sbarazzarsene definitivamente, così sarebbe stata libera e lui avrebbe finalmente pagato per i suoi misfatti. Penso che lui l'avesse semplicemente scoperta e avesse minacciato di denunciarla alla polizia e lei non lo avrebbe potuto permettere."

Bates sospirò e disse: "Penso che lei abbia ragione, ma se lei non confessa, non avremo mai la verità."

"Penso che potremmo stare qui a parlarne da quì all'eternità, ma non arriveremmo mai al dunque."

Bates aveva ragione, se non avesse parlato non sarebbe mai uscita la verità. Lei aveva il diritto di rimanere in silenzio, ma c'era sempre Bob Chandler. La sua testimonianza avrebbe comunque pesato in tribunale, o forse sarebbe stata la sua parola contro quella di lei?

"Ci vediamo presto Daniels, magari per un drink." Dichiarò Bates.

"Paga lei?" Domandai.

Non ebbi risposta, Bates aveva agganciato.

* * *

Tutto qui, lei aveva tutto ciò che si potesse desiderare: classe, stile, sicurezza, denaro, un mucchio di denaro. Ma non era abbastanza. Lei voleva di più, ancora di più ed era pronta a fare qualsiasi cosa pur di ottenerlo, perfino uccidere. Avrebbe di certo vissuto per un lungo periodo con il rimorso per la sua azione ne sono certo, se fosse stata condannata, avrebbe certamente scontato una pena di una ventina d'anni.

Mississippi Fred McDowell mi diede l'interpretazione adatta per la situazione:

Signore, ti spiacerà

Anche se non hai mai fatto del male

Ti spiacerà

Sì, Signore anche se non hai mai fatto del male

Parlando di blues, se mi fossi sbrigato avrei potuto prendere una pizza al Mama Dells per poi dirigermi al Club 51, dove Arthur 'Big Boy' Curtis e la sua orchestra Blues si sarebbero esibiti. Non sapevo se fossero bravi o meno, non li avevo mai visti prima, ma Buddy, il proprietario sembrava apprezzarli e quindi immaginai valessero la pena di una prova; in fine dei conti non avevo altro da fare, no?

Ti aggiornerò la prossima volta su come sia andata la serata.

* * *

www.ingramcontent.com/pod-product-compliance
Ingram Content Group UK Ltd.
Pitfield, Milton Keynes, MK11 3LW, UK
UKHW022007190726
13853UKWH00004B/1781